人間失格

인간 실격

太宰 治

다자이 오사무

太宰治

人間失格

코너스톤
Cornerstone

인간 실격 오리지널 초판본 고급 양장본

1판 1쇄 • 2025년 4월 8일

지은이 • 다자이 오사무
옮긴이 • 장하나
해설 • 안영희
펴낸이 • 하진석
펴낸곳 • 코너스톤
주소 • 서울시 마포구 독막로3길 51
전화 • 02-518-3919
ISBN • 979-11-90669-69-6 03830

* 이 책 내용의 전부나 일부를 이용하려면 반드시 저작권자와 코너스톤의 서면 동의를 받아야 합니다.
* 책값은 뒤표지에 있습니다.
* 잘못된 책은 구입하신 곳에서 바꾸어 드립니다.

차례

서문	7
첫 번째 수기	11
두 번째 수기	27
세 번째 수기	73
후기	133
다자이 오사무 연보	137
작품 해설	149

서문

 나는 그 남자의 사진을 석 장, 본 적이 있다.

 한 장은 그 남자의 유년 시절이랄까, 한 열 살쯤 되어 보이는 사내아이가 여자들(그의 누나와 동생, 사촌들로 짐작된다)에게 둘러싸여, 정원 연못가에서 투박한 줄무늬 하카마를 입고 서서, 고개를 삼십 도 정도 왼쪽으로 갸웃한 채 추하게 웃고 있다. 추하게? 하지만 둔한 사람들(추하고 아름다운 것 따위에 별 관심 없는 사람들)이 그게 뭐 대수냐는 얼굴로 "귀여운 도련님이네요"라고 적당히 입에 발린 소리를 하더라도, 아주 빈말로 들리지는 않을 만큼의, 소위 '귀염성' 같은 구석이, 그 아이의 웃는 얼굴에 일절 없는 건 아니었다. 그러나 조금이라도 추하고 아름다운 것에 길이 든 사람이라면, 첫눈에 바로 "참 애가 얄궂게 생겼군" 하며 몹시 언짢은 듯 중얼거리고 송충이라도 털어내는 듯한 손놀림으로 그 사진을 내동댕이쳤을지도 모른다.

 과연 그 아이의 웃는 얼굴은 들여다보면 볼수록, 어딘가 섬뜩한 기운이 느껴졌다. 애초에 그건 웃는 얼굴이 아니다. 이 아이는 조금도 웃고 있지 않다. 그 증거로 아이는 양 주먹을 꽉 쥐고 서 있다. 인간이라면 주먹을 꽉 쥐고서는 웃을 수 없는 법이다. 원숭이다. 원숭이가 웃는 얼굴이다. 그저 얼굴에 추한 주름을 짓고 있을 뿐이다. '쭈그렁 도련님'이라 부르고 싶을 만큼 참으로 기괴한, 어딘가 추하고 묘하게 사람을 언짢게 하는 표정의 사진이었다. 나는 여태껏 이런 묘한 표정의 아이를 본 적이 한 번도 없었다.

두 번째 사진 속 얼굴은, 이건 또 소름이 돋을 정도로 판이하게 달라져 있다. 학생의 모습이다. 고교 시절 사진인지 대학 시절 사진인지 확실하진 않지만, 아무튼 수려한 얼굴의 학생이다. 그러나 이 또한 이상하리만치 살아 있는 인간 같지가 않다. 교복을 입고 가슴의 주머니에는 하얀 손수건을 내보이며, 등나무 의자에 다리를 꼬고 앉아 여전히 웃고 있다. 이번에 웃는 얼굴은, 쭈그렁 원숭이의 웃음이 아니라 제법 그럴싸한 미소였으나, 그래도 인간의 웃음과는 어쩐지 다르다. 피의 무게랄까 생명의 깊이랄까 그런 충실감은 조금도 없이, 새도 아닌, 그야말로 깃털처럼 가벼운, 딱 백지 한 장처럼 그렇게 웃고 있다. 즉 하나부터 열까지 가짜 같았다. 꼴같잖다는 말로는 부족하다. 경박하다는 말로도 부족하다. 요염하다는 말로도 부족하다. 멋지다는 말로도 물론 부족하다. 더구나 가만히 들여다보면, 이 수려한 얼굴의 학생에게도 역시나 어딘가 괴담을 떠올리게 하는 섬뜩한 기운이 느껴졌다.

나는 여태껏 이런 묘한 미모의 청년을 한 번도 본 적이 없다.

  나머지 한 장의 사진이 가장 기괴하다. 도무지 나이를 짐작할 수가 없다. 머리는 조금 센 듯하다. 사진 속의 그는 몹시 더러운 방(세 군데쯤 무너져 내린 벽이 사진에 또렷하게 찍혀 있다)의 한쪽 구석에서 자그마한 화로에 두 손을 쬐고 있는데, 이번에는 웃고 있지 않다. 아무런 표정도 없다. 말하자면 자리에 앉아 화로에 두 손을 쬐다가 자연스레 죽은 듯한, 참으로 께름칙하고 불길한 냄새를 풍기는 사진이었다. 기괴한 건 그뿐만이 아니다. 이 사진은 비교적 얼굴이 크게 찍혀 있어서, 나는 그 생김새를 찬찬히 뜯어볼 수 있었는데, 이마는 평범하고 이마의 주름도 평범하고 눈썹도 평범하고 눈도 평범하고 코도 입도 턱도… 아아, 이 얼굴에는 표정뿐 아니라 인상조차 없다. 특징이 없는 것이다. 가령 내가 이 사진을 보고 나서 눈을 감는다 해보자. 이미 난 그 얼굴을 잊었다. 방의 벽이나 자그마한 화로는 생각이 나는데, 그 방 주인의 인상은 안개처럼 스러져, 아무리 애를 써도 떠오르지 않는다. 그릴 수 없는 얼굴이다. 만화로도 그 무엇으로도 표현되지 않는 얼굴이다. 눈을 뜬다. '아, 이런 얼굴이었지. 생각났다' 하는 기쁨조차 없다. 극단적으로 말하자면, 눈을 뜨고 그 사진을 다시 봐도 떠올릴 수 없다. 그러고는 괜스레 불쾌하고 초조해져 그만 눈을 돌리고 싶어진다.

  이른바 죽은 이의 얼굴에도 어떤 표정이나 인상이 있기 마련인데, 인간의 몸에다 부리는 짐말의 목이라도 갖다 붙이면 흡사 이런 느낌일까. 어쨌든 딱히 어디랄 것도 없이, 보는 이로 하여금 섬뜩하고 꺼림칙한 느낌을 들게 한다. 나는 여태껏 이런 묘한 남자의 얼굴을 역시나 한 번도 본 적이 없다.

첫 번째 수기

너무도 부끄러운 생을 살아왔습니다.

나로서는 인간의 생활이란 것이 무엇인지 도통 알 수가 없습니다. 도호쿠 지방의 시골에서 태어났기에 기차를 처음 본 건 한참 크고 나서였습니다. 기차역 육교를 오르내리면서도, 그것이 선로를 건너기 위해 지어진 건 줄도 까맣게 모르고, 그저 역사 안을 외국의 놀이터처럼 복잡하고 재미있고 세련돼 보이려고 만들어놓은 것이라고만 여겼습니다. 심지어 꽤 오랫동안 그렇게 생각했습니다. 육교를 오르내리는 일은 대단히 세련된 놀이라고, 철도 서비스 중에서도 가장 멋진 것이라고 생각했습니다. 그러나 훗날 그것이 단순히 선로를 건너기 위한 극히 실용적인 계단에 지나지 않는다는 사실을 알고 나서는 대번에 흥이 깨졌습니다.

어릴 때 그림책에서 본 지하 철도라는 것 역시, 실리적인 필요에서 고안된 것이 아니라, 지상에서 차를 타는 것보다 지하에서 차를 타는 편이 색다르고 재미있는 놀이라서 그런 줄만 알았습니다.

나는 어릴 때부터 병치레가 잦아서 곧잘 앓아누웠습니다. 누워 있는 동안 베갯잇이며 요와 이불의 홑청을 참으로 쓸모없는 장식품이라고만 생각했는데, 그것이 뜻밖에 실용품이라는 사실을 스무 살 가까이 되어서야 깨닫고는 인간의 검소함에 가슴이 먹먹하고 서글퍼졌습니다.

또 나는 배고픔이라는 것을 알지 못했습니다. 아니, 그것은 의식주에 부족함이 없는 집에서 자랐다는 의미가 아닙니다. 그런 얼간이 같은 이야기가 아니라, 나로서는 '공복'이라는 감각이 어떤 건지 전혀 몰랐다는 뜻입니다. 이상하게 들리겠지만, 배가 고파도 깨닫지 못했습니다. 초등학교, 중학교 시절, 내가 학교에서 돌아오면 주변 사람들이 "저런, 배고프지? 우리도 그랬단다. 학교 갔다 오면 배가 얼마나 고팠던지. 콩과자 줄까? 카스텔라랑 빵도 있어" 하며 수선을 떨면, 나는 타고난 아부 정신을 발휘해 "아아, 배고파" 하고 중얼거리고는 콩과자를 열 개쯤 입에 쑤셔 넣었지만, 실은 배고프다는 느낌이 어떤 건지 눈곱만큼도 알 수 없었습니다.

나도 물론 많이 먹습니다. 하지만 허기 때문에 배를 채운 기억은 거의 없습니다. 귀하다는 음식을 먹었습니다. 호사스러워 보이는 음식을 먹었습니다. 또 남의 집에서 차려준 음식은 억지로라도 먹어 치웠습니다. 그러다 보니, 어릴 적 내게 가장 곤욕스러운 시간은 바로 우리 집 식사 시간이었습니다.

우리 시골집에서는 열 명 남짓한 식구들이 죄다 각자의

밥상을 두 줄로 마주 놓고 밥을 먹었습니다. 막내인 나는 말할 것도 없이 맨 끝자리에 앉았는데, 그 어두컴컴한 식당에서 점심때 십여 명의 가족이 그저 말없이 밥만 먹는 모습을 보면, 늘 소름이 끼쳤습니다. 더구나 우리 집은 옛날 시골집이라 반찬도 늘 똑같아서 귀한 음식, 호사스러운 음식 따위는 바랄 수도 없었기에 점점 더 식사 시간이 두려워졌습니다. 그 어두컴컴한 방의 말석에 앉아 추위에 덜덜 떠는 심정으로, 밥을 조금씩 퍼 입으로 밀어 넣으면서 '인간은 어째서 하루 세 번 꼬박 밥을 먹는 걸까? 정말 다들 엄숙한 얼굴을 하고 먹고 있구나. 이것도 일종의 의식 같은 걸까? 온 식구가 하루 세 번 정해진 시간에, 어두컴컴한 방에 한데 모여서 순서대로 밥상을 차려놓고, 먹기 싫어도 별말 없이 밥알을 씹는 건, 집 안에서 꿈틀거리는 혼령들에게 기도하기 위한 것일지도 모른다'는 생각까지 한 적이 있습니다.

밥을 먹지 않으면 죽는다는 말은 내 귀에 그저 거북스러운 협박으로밖에 들리지 않았습니다. 그 미신은(여전히 나는 미신 같은 거라고 생각합니다만) 늘 내게 불안과 두려움을 안겨주었습니다. 인간은 먹지 않으면 죽는다. 그러니까 밥벌이를 해서 먹고 살아야만 한다는 말만큼 난해하고 애매하고, 또 협박조로 들리는 말은 없었습니다.

한마디로 여전히 나는, 인간의 생활이라는 것이 무엇인지 도통 알 수 없다는 뜻일 겁니다. 내가 가진 행복의 관념과 세상 모든 사람들이 가진 행복의 관념이 서로 완전히 어긋나 있는 듯한 불안, 나는 그 불안 때문에 밤마다 뒤척이고 신음하다 미쳐 날뛸 뻔한 적도 있습니다. 나는 과연 행복한 걸까요? 어릴 적부터 사람들에게 행운아라는 말을 자주 들어왔지만, 나는 늘 지옥이었습니다. 오히려 나를 행운아라고 하는 이들이야말로, 나와는 견줄 수 없을 만큼, 훨씬 더 평안해 보였습니다.

'나에게는 재앙 덩어리가 열 개 있는데, 그중 하나라도 누군가 주변 사람이 짊어지게 된다면, 그 하나로도 충분히 그이의 목숨을 앗아갈 수 있지 않을까?'라는 생각에까지 이른 적이 있습니다.

다시 말해 나는 알 수가 없었던 것입니다. 주변 사람이 겪는 고통의 성질이나 정도를 전혀 짐작할 수 없는 것입니다. '현실적인 고통, 그저 밥만 먹으면 그걸로 다 해결되는 고통, 그러나 그것이야말로 가장 지독한 고통이고, 내가 가진 예의 그 열 개의 재앙 따위는 날려버릴 만한 처참한 아비지옥일지도 모른다. 그건 모른다. 그러나 용케 자살도 하지 않고, 미쳐 날뛰지도 않고, 정당을 논하고, 절망하지 않고, 굴하지 않고, 생활의 투쟁을 이어나갈 수 있다는 건 그만큼 고통스럽지 않다는 뜻 아닐까? 이기주의자가 되고, 심지어 그것을 당연한 일이라고 확신하며, 단 한 번도 스스로를 의심한 적이 없는 건 아닐까? 그렇다면 편하기야 하겠지. 하지만 인간이란 다 그런 거고 또 그것으로 만점 인생은 아닐는지 모르겠다…. 저녁에 푹 자면 아침엔 상쾌할까? 어떤 꿈을 꾸고 있을까?

걸으면서 무슨 생각을 할까? 돈? 설마 그것만은 아니겠지. 인간은 먹기 위해 산다는 말은 들어본 적이 있는 것 같은데 돈을 위해 산다는 말은 들어본 적이 없다. 아니, 그러나, 어쩌면… 아니, 그것도 모르겠다….' 생각하면 할수록 점점 알 수 없어졌습니다. 나 혼자만 완전히 이상해진 듯한 불안과 공포에 사로잡힐 뿐입니다. 나는 주변 사람들과 거의 대화를 할 수 없습니다. 무엇을, 어떻게 말해야 좋을지 모르겠습니다.

그리하여 생각해낸 것이 '광대 짓'이었습니다.

그건 인간에 대한 내 마지막 구애였습니다. 인간을 극도로 두려워하면서도, 그럼에도 불구하고 인간을, 도저히 끊어낼 수 없었나 봅니다. 그렇게 나는 광대 짓이라는 끈 하나로, 가까스로 인간과 이어질 수 있었습니다. 겉으로는 연신 웃어 보여도 속으로는 안간힘을 쓰는, 천 번에 한 번 성공할까 말까 한 위기일발의 진땀 나는 서비스였습니다.

나는 어릴 때부터 내 가족에 대해서조차, 그들이 얼마나 괴롭고 또 무엇을 생각하며 살고 있는지 조금도 알지 못했습니다. 그저 두려웠고, 그 껄끄러움을 참기가 힘들어서, 일찍이 광대 짓에 도가 텄던 것 같습니다. 나도 모르게 한마디도 진실을 말하지 않는 아이가 되어버린 것입니다.

그 무렵 가족과 함께 찍은 사진들을 보면, 다들 진지한 표정인데, 나 혼자만 꼭 기묘하게 얼굴을 찡그리며 웃고 있습니다. 이 또한 나의 유치하고 슬픈 광대 짓의 일종이었습니다.

또 나는 가족이 무슨 말을 해도, 말대답을 한 적이 한 번도 없습니다. 별것 아닌 잔소리조차 청천벽력처럼 크게 느껴져 미쳐버릴 것만 같았기에, 말대답은커녕 '그 잔소리야말로 말하자면 인간 대대로 내려오는 만고불변의 '진리'임에 틀림없다. 내겐 그 진리를 행할 능력이 없어서 더 이상 인간과 함께 살 수 없는 건 아닐까?'라는 생각을 굳게 믿었습니다. 그러니 나로서는 말싸움이나 자기변명도 할 수 없었던 것입니다. 남들에게서 안 좋은 소리를 들으면 마치 엄청난 잘못을 하고 있는 것만 같아, 언제나 그 공격을 말없이 받아들이며 속으로는 미칠 듯한 공포를 느꼈습니다.

하기야 누구라도 남에게 비난을 받거나 혼이 나면 기분이 썩 좋진 않겠지만, 나는 화를 내는 인간의 얼굴에서 사자보다도, 악어보다도, 용보다도 더 살벌한 동물의 본성을 봅니다. 평소에는 그 본성을 감추고 있는 듯하나, 어떤 때, 이를테면 소가 풀밭에서 늘어지게 잠을 자고 있다가도, 불시에 배에 붙은 등에를 꼬리로 찰싹 쳐 죽이는 것처럼, 불현듯 인간의 정체가 분노라는 형태로 탄로 날 때면, 나는 항시 머리털이 곤두설 만큼 전율을 느꼈고, 이 본성 또한 인간이 살아가는 자격 중 하나일지도 모른다는 생각이 들면, 어김없이 스스로에게 절망을 느꼈습니다.

인간에 대한 공포로 늘 벌벌 떨었고, 또 인간으로서의 내 말과 행동에 손톱만큼도 자신이 없었기에, 혼자만의 고뇌는 가슴속 작은 상자에 감추고, 그 우울과 신경과민을 그저 꼭꼭 숨기며 오로지 천진한 낙천성만 있는 척 가장한 채, 나는 우스꽝스러운 괴짜로 차츰 완성되어갔습니다.

'뭐든 상관없으니 웃기기만 하면 된다. 그러면 사람들은 내가 그들의 이른바 '생활' 밖에 있어도 별로 신경 쓰지 않겠지. 아무튼 그들에게 거치적거려서는 안 된다. 나는 무無다. 바람이다. 허공이다' 같은 생각들만 눈덩이처럼 불어나, 광대처럼 가족을 웃기고 또한 가족보다 더 이해할 수 없고 두려운 머슴과 하녀들에게까지 필사적으로, '광대' 서비스를 했습니다.

여름에는 유카타 속에 빨간 스웨터를 입고 복도를 돌아다니며 집안사람들을 웃겼습니다. 여간해선 잘 웃지 않던 큰형도 그 모습에 웃음을 터뜨리며 "어이 요짱, 그건 좀 아니지" 하며 귀여워 죽겠다는 투로 말했습니다. 뭐 그렇다고 내가 한여름에 스웨터를 입고 다닐 정도로 덥고 추운 것을 모르는 심각한 괴짜였던 건 아닙니다. 누나의 발 토시를 양팔에 끼우고, 유카타 소매 사이로 슬쩍 나오게 하여, 스웨터를 입은 것처럼 보이게 했던 것입니다.

우리 아버지는 도쿄에 볼일이 많았던 분이라 우에노 사쿠라기에 별장을 두고 한 달의 대부분을 그곳에서 지냈습니다. 그리고 집에 돌아올 때면, 식구들은 물론 친척들에게까지 줄 선물을 한가득 사 오곤 했는데, 그건 일종의 아버지의 취미 같은 것이었습니다.

언젠가 도쿄에 가기 전날 밤, 아버지는 우리를 응접실로 불러 모아 "이번에 올 땐 어떤 선물을 사다 줄까?" 하고 한 사람 한 사람에게 웃는 얼굴로 묻고는 그에 대한 우리의 대답을 하나하나 수첩에 적었습니다. 아버지가 이렇게 우리를 살갑게 대하는 건, 아주 드문 일이었습니다.

"요조는?"

아버지의 물음에 나는 우물쭈물했습니다.

뭘 원하느냐 물으면, 갑자기 아무것도 갖고 싶지 않아졌습니다. '아무럼 어때. 어차피 날 즐겁게 하는 건 없는데.' 문득 그런 생각이 들었습니다. 그와 동시에 남들이 주는 건 전혀 내 취향이 아니라 해도, 그것을 거절할 수 없었습니다. 싫은 것을 싫다고 하지 못하고, 좋아하는 것 또한 쭈뼛쭈뼛 도둑질하는 것마냥, 씁쓸하고 형언할 수 없는 공포감에 괴로워했습니다. 즉 내겐 양자택일할 능력도 없었던 것입니다. 이것이 훗날, 끝내 내가 말하는 '부끄러운 생'의 중대한 원인이 된 습벽 중 하나였으리라 생각됩니다.

내가 말없이 머뭇거리자 아버지는 약간 언짢은 얼굴로 말했습니다.

"이번에도 책이더냐, 아사쿠사에 있는 상점가에서 아이들이 쓰고 놀기 딱 좋은 사자탈을 팔던데 갖고 싶지 않니?"

'갖고 싶지 않니'라는 말을 들으면, 이제 틀린 겁니다. 우스꽝스러운 대답이고 뭐고 할 수 없게 되는 것입니다. 광대 연기는 완전히 낙제점이었습니다.

"책이 좋을 거예요."

큰형이 진지한 표정으로 말했습니다.

"그렇구나."

아버지는 김빠진 얼굴로, 적는 걸 멈추더니, 수첩을 탁 덮었습니다.

'실패다. 아버지를 화나게 하다니, 아버지는 분명 무시무시한 복수를 할 거야. 지금이라도 되돌릴 순 없을까?' 나는 그날 밤 이불 속에서 바들바들 떨며 이런저런 생각 끝에, 슬그머니 일어나 응접실로 가서, 아까 아버지가 수첩을 넣어둔 책상 서랍을 열어 그 수첩을 꺼내 들고, 팔락팔락 넘기다가 선물 목록이 적힌 곳을 발견하고는, 수첩에 달린 연필심에 침을 묻혀 사자탈이라 쓰고 잠이 들었습니다. 나는 사자춤 출 때 쓰는 그 탈을, 털끝만큼도 갖고 싶지 않았습니다. 차라리 책이 나았습니다. 그러나 아버지가 그 사자탈을 내게 사 주고 싶어 한다는 걸 알아차리고는, 아버지의 그 속뜻에 부응하여 기분을 맞춰드리고 싶다는 일념으로 한밤중에 응접실로 숨어드는 모험을 감행했던 것입니다.

그리고 이런 비상대책은 의도했던 대로 대성공을 거두었습니다. 이윽고 아버지가 도쿄에서 돌아와 어머니에게 큰 소리로 하는 이야기를 아이들 방에서 들었습니다.

"상점가 장난감 가게에서 이 수첩을 펼쳤는데, 여기 이렇게 떡하니 사자탈이라고 적혀 있더군. 이건 내 글씨가 아니야. 어떻게 된 건가, 의아해하고 있는데 감이 오더라고. 요조가 장난을 친 거야. 그 녀석, 내가 물을 땐 히죽거리기나 하면서 가만히만 있더니, 결국엔 사자탈이 갖고 싶어 안달이 났던 거지. 하여간 그놈은 참 별나다니까. 시치미 뗄 땐 언제고 또박또박 잘도 적어놨어. 그렇게 갖고 싶었으면 말을 할 것이지. 장난감 가게 앞에서 웃느라 아주 혼이 났네. 어서 요조를 불러야겠어."

또 나는 하인들을 서양식으로 꾸며놓은 방에 모아놓고, 한 사람에게 아무렇게나 피아노 건반을 두드리게 하고는(시골이라도 있을 건 다 있는 집이었습니다), 그 엉터리 곡에 맞춰 인디언 춤을 추면서 모두를 깔깔거리게 만들었습니다. 둘째 형은 플래시를 터뜨려 내 인디언 춤을 찍었는데, 나중에 사진을 보니, 허리에 두른 천(그것은 오색 무늬 보자기였습니다) 사이로 조그만 고추가 보여, 집안이 또 한바탕 웃음바다가 되었습니다. 나로서는 이 또한 뜻밖의 성공이라 해야 할지도 모르겠습니다.

나는 신간 소년 잡지를 매달 열 권 넘게 구독하고, 또 그밖에도 다양한 책들을 도쿄에서 입수하여 묵묵히 읽어온 터라, '엉터리 박사'라든가 '호기심 박사'와는 꽤 친숙했고, 또 괴담, 야담, 만담, 에도 이야기 같은 것도 줄줄이 꿰고 있어, 그런 우스개 같은 이야기를 진지한 표정으로 해가며 집안사람들을 웃기는 건 일도 아니었습니다.

그런데 아아, 학교!

학교에서 나는 존경받는 처지가 되었습니다. 존경받는다는 관념 또한 나를 몹시 두렵게 만들었습니다. 거의 완벽에 가깝게 사람을 속이다가 어떤 전지전능한 한 사람에게 간파

당해 산산조각이 나고, 죽는 것보다 더한 모욕을 치르게 되리라는 것이 내가 생각하는 '존경받는다'의 정의입니다. 인간을 속여 '존경받는다' 한들 누군가 한 사람만은 반드시 알아채서, 가까운 미래에 그 한 사람을 통해 다른 사람들도 속았다는 사실을 깨닫게 되면, 그때 인간이 품는 분노와 복수는 대체 어떤 걸까요. 상상만으로도 온몸에 털이 곤두서는 것 같았습니다.

 나는 부잣집에서 태어나서라기보다 소위 우등생으로 통했기 때문에 학교에서 존경받는 처지가 되었습니다. 어려서부터 병약해서 한 달, 두 달 어떤 때는 한 학년 가까이나 자리보전하고 누워 곧잘 학교를 쉬곤 했는데, 그래도 그 아픈 몸으로 인력거를 타고 학교에 가서, 학년말 시험을 치르고 나면, 반에서 그 누구보다도 우등생이 되어 있었습니다. 몸 상태가 좋을 때도 공부를 전혀 하지 않았고, 학교 가서도 수업 시간에 만화를 그려, 쉬는 시간에 그걸 반 아이들에게 설명하며 웃음을 주었습니다. 또 작문 시간에는 우스갯소리만 써서 선생님에게 주의를 받았지만, 그래도 멈추지 않았습니다. 선생님도 내심 내 작문을 기대한다는 걸 알고 있었기 때문입니다. 어느 날, 여느 때처럼 어머니를 따라 도쿄로 가는 기차 안에서, 통로에 있는 가래 구멍에 그만 오줌을 싸버린 실수담(그때 나는 가래 같은 걸 뱉는 구멍이라는 걸 모르고 저지른 일이 아니었습니다. 천진난만한 아이처럼 보이려고 일부러 그랬던 것입니다)을 굉장히 애처로운 필치로 써서 제출했습니다. 선생님이 틀림없이 웃을 거라는 자신이 있었기 때문에, 교무실로 향하는 선생님을 몰래 뒤따라갔는데, 선생님은 교실 밖을 나서자마자, 내 작문을 다른 아이들의 작문 틈에서 빼내 복도를 걸으면서 읽어 내려갔고, 낄낄거리는가 싶더니, 교무실에서는 다 읽었는지 얼굴까지 벌게져서 큰 소리로 웃어젖히고는, 다른 선생님에게 이것 좀 보라고 하는 모습까지 보고서야 크게 만족했습니다.

장난꾸러기.

나는 이른바 장난꾸러기로 보이는 데 성공했습니다. 존경받는 처지에서 달아나는 데 성공했습니다. 성적표에는 모든 과목이 100점이었지만, 품행 점수만은 70점, 60점을 받아오곤 했기 때문에, 그걸로 또 집안을 한바탕 웃음바다로 만들었습니다.

그렇지만 내 본성은, 그런 장난꾸러기 같은 것과는 극과 극을 달렸습니다. 그 무렵 이미 나는 머슴과 하녀들에게서 슬픈 짓을 배웠고, 그들은 나를 범했습니다. 어린아이를 상대로 그런 짓을 하는 건, 인간이 저지를 수 있는 범죄 중에서도, 가장 추악하고 하등하고 잔혹한 것이라고 생각합니다. 그러나 나는 참았습니다. 이 일로 또 한 번 인간의 특성을 본 것 같아 힘없이 웃었습니다. 진실을 말하는 습관이 있었더라면, 주눅 들지 않고 그들의 범죄를 아버지나 어머니에게 호소할 수 있었을지도 모르겠지만, 나는 아버지도 어머니도 그들의 전부를, 이해할 순 없었던 것입니다. 인간에게 호소하는 그 수단에 조금도 기댈 수 없었습니다.

아버지에게 호소해도, 어머니에게 호소해도, 경찰에게 호소해도, 정부에 호소해도 결국엔 처세에 능한 사람이 세간에 듣기 좋은 말로 포장해서 퍼뜨리지 않겠느냐 말입니다.

어차피 편파적일 게 빤한데, 인간에게 호소하는 건 소용없다, 역시나 진실을 숨기고 그저 참으며, 그 '광대 짓'을 계속하는 것 말고는, 달리 방법이 없는 것 같았습니다.

'뭐야, 인간에 대한 불신을 말하는 거야? 응? 언제부터 네가 크리스천이 된 거지?' 하며 혹 비웃는 사람도 있을지 모르겠지만, 인간에 대한 불신이 반드시 종교의 길로 통한다고는 생각지 않습니다. 실제로 그 비웃는 사람도 그렇고, 인간은 서로에 대한 불신 속에서 여호와고 뭐고 나 몰라라 하며 태연하게 살아가고 있지 않습니까. 이 일화도 역시 내 어린 시절의 일입니다만, 아버지가 소속된 모 정당의 유명인사가 우리 마을로 연설을 하러 와서, 하인들을 따라 그 연설을 들으러 극장에 갔습니다. 극장은 만석이었고 이 마을, 특히 아버지와 친분이 있는 사람들은 죄다 모여 힘껏 손뼉을 치고 있었습니다. 연설이 끝난 뒤 청중은 눈 내리는 밤길을 삼삼오오 모여 집으로 돌아가면서, 그날 밤 연설회를 욕했습니다. 개중에는 아버지와 각별했던 이의 목소리도 섞여 있었습니다. 아버지의 개회사가 서투르다느니, 그 유명인사의 연설도 대체 뭔 소리를 하는지 모르겠다느니, 소위 아버지의 '동지들'이란 작자들이 분개한 투로 이런 말들을 토해냈습니다.

그런데 그랬던 사람들이 우리 집에 와서는, 오늘 밤 연설회 정말 성공적이지 않았느냐며, 진심으로 기쁘다는 얼굴로 아버지에게 말했습니다. 오늘 밤 연설회가 어땠느냐는 어머니에 물음에 하인들까지 너무 재미있었다며 천연덕스럽게 말하는 것이었습니다. 연설회만큼 지루한 건 없다고, 돌아오는 길에 푸념을 늘어놓더니 말입니다.

하지만 이런 일은 어디까지나 사소한 일례에 지나지 않습니다. 서로가 속고 속이지만, 그 어느 쪽도 이상할 만큼 아무런 상처도 입지 않고, 서로 속이고 있다는 사실조차 깨닫지 못하는, 참말로 잘난, 그야말로 밝고 맑고 명랑한 불신의 일례가 인간의 생활 속에 그득 차 있다고 생각합니다. 그러나 나는 서로 속이는 일에는 별 흥미가 없습니다. 나도 똑같이 '광대 짓'으로 아침부터 밤까지 인간을 속이고 있는 것입니다. 윤리 교과서에 나오는 정의며 무어라 하는 도덕은 제 관심 밖입니다. 내게는 서로 속이면서도 밝고 맑고 명랑하게 살고 있는, 혹은 살 수 있다고 자신하는 사람이 난해합니다. 인간은 끝내 내게, 그 묘책을 가르쳐주지 않았습니다. 그것만 알았더라면 인간을 이토록 두려워하지도, 또 필사적인 서비스 따위는 하지 않아도 됐을 것입니다. 인간의 삶과 대립한 채, 밤마다 이런 지옥 같은 고통을 맛보지 않아도 되었겠지요. 머슴과 하녀들이 저지른 그 가증스러운 범죄마저 누구에게도 호소하지 않았던 건 인간에 대한 불신 때문도 아니고, 또 물론 그리스도교 때문도 아니고, 인간이, 요조라는 나에게 신용의 문을 굳게 닫았기 때문이라고 생각합니다. 부모님조차 내게 이해할 수 없는 모습을 보이곤 했으니까요.

그래서 그 누구에게도 호소하지 않는 이 고독의 냄새를, 수많은 여자들은 본능적으로 맡고 찾아왔는데, 이건 훗날 내가 여러 가지 일에 휘말리게 된 이유 중 하나였다고 생각합니다.

말하자면 여자들에게 나는 사랑의 비밀을 지킬 수 있는 남자로 통했다는 뜻입니다.

두 번째 수기

　바닷가. 파도가 밀려왔다 밀려가는 곳이라 해도 좋을, 바다 가까운 해변에, 아주 커다랗고 겉껍질이 새까만 산벚나무가 스무 그루 남짓 늘어서 있습니다. 새 학년이 시작되면 산벚나무는 갈색빛으로 끈적이는 어린잎과 함께, 파란 바다를 배경으로 찬란한 꽃을 피우고, 이윽고 꽃보라가 칠 무렵이면 헤아릴 수 없는 꽃잎이 바다로 떨어져, 수면 위를 아롱아롱 떠돌다가, 파도를 타고서 다시 바닷가로 되돌아옵니다. 나는 그 벚꽃 모래사장을 그대로 교정으로 쓰는 도호쿠의 어느 중학교에, 수험 공부도 제대로 하지 않았는데, 그럭저럭 무사히 입학할 수 있었습니다. 그리고 그 중학교의 모자 휘장이며, 교복 단추에도, 도안으로 만든 벚꽃이 피어 있었습니다.

　마침 중학교 바로 근처에 우리 집과 먼 친척뻘 되는 사람이 살고 있었기에, 아버지가 바다와 벚꽃이 있는 그 중학교를 내게 골라준 것입니다. 나는 그 집에 맡겨졌습니다. 학교가 코앞이라 조회 시간을 알리는 종소리를 듣고서야, 부랴부라 학교로 뛰어가는, 꽤 게으른 중학생이었지만, 그래도 노상 하던 그 '광대 짓' 덕분에 나날이 반에서 인기를 얻게 되었습니다.

 태어나 처음으로, 이른바 타향살이라는 것을 하게 되었지만, 나는 그 타향이란 곳이, 고향보다 훨씬 편안하게 느껴졌습니다. 그즈음에는 '광대 짓'이 제법 몸에 배어, 남을 속이는 데 예전만큼 고생스럽지 않아진 탓일 수도 있겠으나, 그보다는 제아무리 천재라 한들, 혹은 신의 아들인 예수라 한들, 가족과 타인, 고향과 타향 사이에는 연기의 난이도 차가 분명히 존재하지 않을까요. 배우들이 가장 연기하기 어려운 장소는 고향에 있는 극장일 테고, 더구나 자신의 일가친척이 한데 모인 집 안이라면, 아무리 잘나가는 명배우인들 제대로 된 연기를 할 수 있을는지요. 하지만 나는 연기해왔습니다. 그것도 대성공을 거두었습니다. 그런 괴짜 같은 놈이 타향에 왔으니, 만에 하나라도 연기를 그르칠 리는 없겠지요.

 내가 인간에게 느끼는 공포는 전보다 한층 더 격렬하게 가슴 깊은 곳에서 요동치고 있었지만, 연기 실력만은 타의 추종을 불허하며 늘 반 아이들을 웃겼습니다. 선생님도 "이 반은 '오바(요조의 성)'만 없으면 아주 괜찮은 반인데" 하며 입으로는 한숨을 푹푹 내쉬면서도, 손으로는 입을 틀어막고 웃었습니다. 나는 천둥 같은 고함을 쳐대는 학교 교관조차 실로 손 하나 까딱 않고 웃게 만들 수 있었습니다.

 이제는 내 정체를 완벽하게 은폐했겠지 싶어 한숨 돌리려던 찰나, 정말 뜻밖에도 뒤에서 쿡 찔리고 말았습니다. 누가 뒤에서 치고 들어오는 사내놈 아니랄까 봐, 그는 반에서 가장 약골에 얼굴은 푸르딩딩하고, 부모 형제가 입던 것으로 보이는 윗도리를 쇼토쿠 태자 소매마냥 늘어지게 입고서, 공부도 더럽게 못하고, 교련이나 체육 시간엔 늘 멀뚱멀뚱 구경만 하는, 그야말로 백치 같은 아이였습니다. 나 역시 그 아이에게만큼은, 미처 경계할 필요를 못 느꼈던 것입니다.

그날 체육 시간에 그 아이(성은 기억나지 않지만, 이름은 다케이치였던 걸로 기억합니다)는 그날도 어김없이 구경만 하고, 우리는 철봉 연습을 하고 있었습니다. 나는 일부러 최대한 비장한 얼굴을 하고, 이얍 하는 소리를 내지르며 철봉을 향해 달려가서는, 그대로 멀리뛰기 하듯 앞으로 붕 날아 모래밭에 엉덩방아를 쿵 찧었습니다. 모두 계획된 실패였습니다. 예상대로 모두 웃음을 터뜨렸고, 나도 쓴웃음을 지으며 벌떡 일어나 바지의 모래를 털고 있는데, 도대체 언제 와 있었는지 다케이치가 내 등을 쿡 찌르며 낮은 목소리로 이렇게 속삭이는 것이었습니다.

"일부러 그랬지?"

온몸이 부들부들 떨렸습니다. 일부러 실패한 사실을, 다른 사람은 몰라도 다케이치에게 들키리라고는 꿈에도 생각지 못한 일이었습니다. 그 순간, 나는 온 세상이 지옥 불에 휩싸여 활활 타오르는 것을 눈앞에서 보는 것 같아 '와아악!' 소리치면서 미쳐버릴 것 같은 기색을 죽을힘을 다해 억눌러야

했습니다.

그렇게 내게 시작된 매일의 불안과 공포.

겉으로는 여전히 슬픈 '광대 짓'으로 모두를 웃겼지만, 문득문득 나도 모르게 무거운 한숨이 터져 나왔습니다. '내가 뭘 하든 하나부터 열까지 다케이치가 모조리 간파해서 산산조각을 낼 거야. 그리고 곧장 누구에게랄 것도 없이 사방팔방 까발리고 다니겠지.' 그런 생각을 하자니, 이마에 축축한 식은땀이 배어 나오고, 미치광이처럼 묘한 눈빛으로 주위를 흘금거리게 되었습니다. 할 수만 있다면, 아침 점심 저녁, 온종일 다케이치 곁에 붙어 그가 비밀을 발설하지 못하도록 감시하고 싶었습니다. 그리고 그 녀석에게 붙어 있는 동안 '내 '광대 짓'이 네놈이 말한 '일부러' 한 짓이 아니라, 진짜였다고 믿게끔 심혈을 기울여, 이 기회에 그를 둘도 없는 친구로 만들겠어. 만약 그 모든 일이 불가능하다면, 남은 건 그 녀석의 죽음을 바랄 수밖에' 하고 생각하는 지경에까지 이르렀습니다. 하지만 그를 죽일 생각은 없었습니다. 나는 살아오면서 누가 나를 좀 죽여줬으면 했던 적은 숱하게 많았으나, 누굴 죽이고 싶다고 생각했던 적은 한 번도 없습니다. 그건 그 증오스러운 상대에게 오히려 행복을 안겨줄 뿐이라고 생각했기 때문입니다.

나는 다케이치를 포섭하기 위해, 우선 얼굴에 가짜 크리스천 같은 '상냥한' 미소를 띠고, 고개를 한 삼십 도쯤 왼쪽으로 기울여, 녀석의 왜소한 어깨를 가볍게 감싸 안고는, 살살대는 달콤한 목소리로, 내 하숙집으로 놀러 오라고 툭하면 꾀어냈지만, 녀석은 언제나 멍한 눈빛만 보일 뿐, 별 반응이 없었습니다. 그러던 어느 날, 아마 학교가 끝난 초여름 무렵의 일일 겁니다. 소나기가 부옇게 쏟아져서, 학생들이 집에도 못 가고 발만 동동 구르고 있었습니다. 나는 집이 코앞이라 별 대수롭지 않게 뛰어나가려는데, 문득 신발장 뒤에 다케이치가 맥없이 서 있는 모습을 발견했습니다. 우산 빌려줄 테니 우리 집에 가자며, 쭈뼛대는 녀석의 손을 이끌고 함께 빗속을 달려, 집에 도착한 다음 아주머니에게 우리 겉옷을 말려주십사 부탁하고, 다케이치를 이 층 내 방으로 유인하는데 성공했습니다.

그 집에는 오십이 넘은 아주머니와, 서른쯤 되어 보이는, 안경을 끼고 키가 크고 어딘가 아파 보이는, 이 집 큰딸(이 사람은 한 번 시집을 갔다가 다시 집으로 돌아온 사람이었습니다. 나는 이 여자를 이 집 사람들이 부르는 대로 언니라고 불렀습니다), 그리고 최근에 여학교를 갓 졸업한 것 같은 셋짱이라고 하는, 언니와는 달리 키가 작고 동글동글한 둘째 딸, 이렇게 셋뿐이었습니다. 아래층에는 문방구와 운동용품이 조금 진열되어 있었지만, 주 수입원은 죽은 아저씨가 남긴 대여섯 동짜리 연립주택에서 나오는 집세인 것 같았습니다.

"귀 아파."

다케이치가 선 채로 그렇게 말했습니다.

"비 맞았더니 아프다."

들여다보니 양쪽 귀가 심하게 곪아 있었습니다. 고름이 당장이라도 귓바퀴 밖으로 흘러내릴 것 같았습니다.

"이거 안 되겠는데, 엄청 아프겠어."

일부러 크게 놀라는 척하며 "비 오는데 끌고 와서 미안해"라고 여자 같은 말투로 '상냥하게' 사과했습니다. 그러고는 아래층으로 내려가 솜과 알코올을 얻어다, 다케이치를 내 무릎을 베개 삼아 눕히고, 정성스레 귓속을 닦아주었습니다. 다케이치도 설마하니 이 또한 계략인 줄은 미처 간파하지 못했는지 "여자들이 너한테 홀딱 반하겠다" 하며 내 무릎베개에 누워 멍청한 아부를 했습니다.

그러나 이 말은 다케이치 자신조차 의식하지 못했던, 실은 무시무시한 악마의 예언 같은 것이었음을, 나는 뒤늦게야 깨달았습니다. 내가 반하건, 여자가 내게 반하건, 이 말은 천박하고 가볍고, 그야말로 우쭐대는 느낌이라서 제아무리 '엄숙한' 자리라 한들, 이 말 한마디가 스윽 고개를 내미는 순간, 우울의 가람이 와르르 무너져, 한낱 가루처럼 되어버릴 것 같습니다. 그러나 '여자들이 내게 반해 괴롭다'는 속된 말보다 '사랑받는 불안'이라는 문학적 표현을 사용하면, 마치 우울의 가람이 무너지지 않을 것 같으니, 참 묘하다는 생각이 듭니다.

다케이치의 귀 고름을 닦아주고, 그 녀석한테서 여자들이 내게 홀딱 반하게 되리라는 멍청한 아부를 들었을 때, 난 그저 얼굴이나 붉히고 웃으며 아무 대답도 하지 않았지만, 실은 어렴풋이 짚이는 데가 있었습니다. 하지만 '홀딱 반하다'와 같은 저급한 말 한마디가 자아내는 우쭐대는 분위기 속에서, 듣고 보니 짚이는 데가 있다고 하는 건, 만담 속 도련님의 뻔한 대사로도 못 써먹을 만큼 어리석은 감상 타령 정도밖에 안 되는데, 아무렴 그런 천박하고 우쭐대는 마음에서 '짚이는 데가 있다'고 했을까요.

나한테는 여자가 남자보다 몇 곱절은 난해한 존재였습니다. 우리 가족은 남자보다 여자가 많았고, 또 친척도 여자들이 많았으며, 그밖에도 예의 그 '범죄'를 저지른 하녀들도 있었기에 어릴 때부터 여자들하고만 어울리며 자랐다고 해도 과언이 아닐 겁니다. 그러나 그건 꼭 살얼음판을 걷는 기분이었습니다. 도통 종잡을 수가 없었습니다. 오리무중이라 때론 호랑이 꼬리를 밟는 실수를 저질러 심하게 다치곤 했습니다. 그런데 또 그 상처가 남자들이 휘두르는 채찍과는 달라서, 내출혈처럼 극도로 불쾌하게 내면 깊숙이 파고드는 통에 좀처럼 치유되지 않았습니다.

여자는 끌어당겼다가 밀쳐낸다, 여자는 보는 눈이 있는 곳에서는 나를 무시하고 매정하게 굴지만 아무도 없을 땐 꽉 끌어안는다, 여자는 죽은 것처럼 깊이 잠든다, 여자는 자기를 위해 산다 등등, 그밖에도 나는 여자에 관한, 실로 다양한 관찰을, 유년 시절부터 해왔습니다. 똑같은 인류 같으면서도, 남자와는 전혀 다른 생물 같기도 한 이 인간은, 참으로 이해할 수 없고, 방심의 끈을 놓을 수 없는 생물이었으나, 기묘하게도 내게 마음을 써주었습니다. '반하다', '사랑한다'는 말도 내 경우엔 들어맞지 않고, '보살펴준다' 정도가 실상을 설명하는 데 그나마 적합할 듯싶습니다.

여자는 남자보다 광대 짓에 더 너그러워 보였습니다. 내가 광대 짓을 하면, 남자는 언제까지나 껄껄대지 않습니다. 더구나 남자한테 한술 더 떠 심하게 광대 짓을 하게 되는 날엔, 반드시 실패하고 만다는 걸 잘 알고 있기에 꼭 적당한 선에서 마무리 지으려고 노력했지만, 여자는 적당한 선을 모르고 하염없이 '광대 짓'을 요구하는 통에, 나는 그 끝도 없는 앙코르에 응하느라 녹초가 되곤 했습니다. 여자는 참 잘도 웃습니다. 여자는 남자보다 쾌락을 훨씬 탐하는 것 같습니다.

중학교 때 신세 진 그 집 자매도, 틈만 나면 이 층 내 방으로 기어들었습니다. 나는 그때마다 놀라 자빠질 것 같았고 몹시 겁이 났습니다.

"공부해?"

"아니."

나는 씩 웃으며 책을 덮었습니다.

"저기, 오늘 학교에서 몽둥이라는 별명을 가진 지리 선생님이 말이야."

내 입에서 흘러나오는 이런 식의 말은 마음에도 없는 우스갯소리였습니다.

"요조, 안경 써봐."

어느 날 밤, 둘째 딸 셋짱이 언니와 함께 내 방에 놀러 와,

끝도 없이 광대 짓을 요구했습니다.

"왜?"

"그냥 써보라고, 언니 안경 줄 테니까."

늘 내게 이렇게 명령조로 난폭하게 말했습니다. 광대는 순순히 언니의 안경을 썼습니다. 그러자 두 자매가 자지러지며 웃어댔습니다.

"똑같아, 로이드랑 똑같이 생겼어."

당시 해럴드 로이드라는 외국 영화 배우가 일본에서 한창 인기를 끌었습니다.

나는 일어나 한 손을 들고 말했습니다.

"여러분, 이번에 이렇게 일본 팬 여러분께…"

한바탕 인사를 건넸더니, 웃겨 죽겠다는 듯 더 깔깔거렸습니다. 그 후로 나는 동네 극장에서 로이드가 출연하는 영화가 상영될 때마다 몰래 보러 가서 그의 표정 같은 것을 연구했습니다.

어느 가을밤엔, 누워서 책을 읽고 있는데, 언니가 참새마냥 쪼르르 난데없이 내 방으로 날아 들어와서는, 이불 위에 풀썩 쓰러져 울음을 터뜨리는 것이었습니다.

"요조, 날 좀 도와줘. 응? 이런 집구석 따위, 같이 나가버리자. 제발 도와줘."

언니는 이런 격한 소리를 내뱉고는 다시 울었습니다. 하지만 여자가 이런 태도를 보이는 일이 처음도 아니었기 때문에, 나는 언니의 그런 말에 놀라기는커녕, 오히려 그 진부하고 시답잖은 이야기에 김새는 기분마저 들어, 슬며시 이부자리에서 빠져나와, 책상 위에 있던 감을 깎아서 언니에게 한 조각 건넸습니다. 그러자 언니는 훌쩍거리면서, 그 감을 받아먹더니 "뭐 재밌는 책 없니? 좀 빌려줘"라고 말했습니다.

나쓰메 소세키의《나는 고양이로소이다》를 책장에서 꺼내 주었습니다.

"잘 먹었어."

언니는 수줍게 웃으며 방에서 나갔습니다. 언니를 포함해서 대체 여자들은 무슨 기분으로 사는 걸까, 지렁이의 생각을 더듬어보는 것보다, 더 까다롭고 성가시고 섬뜩하게 느껴졌습니다. 다만 여자가 그렇게 갑자기 울음을 터뜨릴 때는, 뭔가 단 것을 줘서 먹이면 그걸로 기분이 한결 나아진다는 것쯤은 어릴 적 경험을 통해 익히 알고 있었습니다.

또 어느 날은 둘째 딸 셋짱이 자기 친구들까지 대동하여 내 방으로 왔습니다. 나는 여느 때처럼 똑같이 모두를 웃겼을 뿐인데, 친구들이 돌아가고 나면 꼭 그 친구들을 욕했습니다. 그 애는 불량소녀니까 조심하라느니, 그런 말을 꼭 하는 것이었습니다. 그럼 안 데리고 오면 될 텐데, 덕분에 내 방에 드나드는 손님은 온통 여자였습니다.

하지만 아직 다케이치의 아부대로, 여자들이 내게 홀딱 반하는 일이 실현된 건 아니었습니다. 나는 일본 도호쿠 지방의, 해럴드 로이드에 불과했습니다. 다케이치의 멍청한 사탕발림이 저주받은 예언으로 되살아나 불길한 형상을 띠게 된

건, 그로부터 몇 년이 지난 후의 일이었습니다.

다케이치는 내게 또 다른 중요한 선물을 주었습니다.

"도깨비 그림이야."

언젠가 다케이치가 이 층 내 방에 놀러 왔을 때, 자신이 가져온 원색판 그림 하나를 자랑스럽게 보여주며 그렇게 설명했습니다.

어라, 싶었습니다. 지금 와 생각해보니 그 순간 이미 내 앞날이 결정되었던 것 같습니다. 나는 알고 있었습니다. 그 그림은 고흐의 자화상일 뿐이라는 것을. 어린 시절, 일본에서는 프랑스 인상파 그림이 폭발적으로 유행했고, 서양화 감상의 첫걸음은 대부분 여기서부터 시작했습니다. 고흐, 고갱, 세잔, 르누아르 같은 화가의 그림은 시골 중학생들도 도판으로 봐서 거의 다 알고 있었습니다. 나도 고흐의 원색판 그림을 꽤 많이 봐왔고, 그 재밌는 터치며 선명한 색채에 흥미를 갖고 있었지만, 그걸 도깨비 그림이라고 생각해본 적은 한 번도 없었습니다.

"그럼 이런 건 어때? 이것도 도깨비 같아?"

책꽂이에서 모딜리아니의 화집을 꺼내, 볕에 그을린 구릿빛 피부의 나체 여인상을 다케이치에게 보여주었습니다.

"굉장하다."

다케이치가 눈을 동그랗게 뜨고 감탄했습니다.

"지옥의 말 같아."

"역시 도깨비?"

"나도 이런 도깨비 그림을 그리고 싶어."

'인간을 극도로 두려워하는 사람일수록 도리어 더 무시무시한 요괴를 제 눈으로 확인하고 싶어 하는 심리. 신경질적이고 겁이 많은 사람일수록 폭풍우가 더 맹렬히 휘몰아치기를 기도하는 심리. 아아, 이 화가들은 인간이라는 도깨비에게 화를 입고 위협받다가, 끝내 환영에 빠져서는, 백주 대낮의 자연 속에서 생생히 요괴를 본 것이로구나. 더구나 그들은 그것을 '광대 짓' 따위로 어물쩍대지 않고, 보이는 그대로를 표현하기 위해 애를 썼다. 다케이치의 말처럼 용감하게 '도깨비 그림'을 그린 것이다. 여기에 미래의 내 동지들이 있다.' 그런 생각으로 눈물이 흘러내릴 만큼 감정이 북받친 나는 "나도 그릴게, 도깨비 그림을 그릴게. 지옥의 말을 그릴 거야"라고 괜스레 낮은 목소리로 다케이치에게 말했습니다.

나는 초등학교 때부터, 그림을 보는 것과 그리는 것 모두 좋아했습니다. 하지만 내가 그린 그림은 작문만큼 호응이 썩 좋지 않았습니다. 나는 본디 인간의 말을 절대 믿지 않기 때문에, 작문 같은 건 그저 '광대'의 인사말 같은 것이었고, 초등학교, 중학교 내내 교사들을 미친 듯 웃게 했지만, 정작 나는 하나도 재밌지 않았습니다. 하지만 그림만큼은(만화는 별개지만) 유치한 아류작에 불과했지만, 다소 고심해서 그렸습니다. 학교 미술 시간에 보여주는 견본은 너무 시시했고, 선생님 그림 역시 보잘것없어서, 나는 순 엉터리로 이런저런 표현법을 혼자서 고안해내야만 했습니다. 중학생이 되면서,

유화 도구도 한 벌 갖추었지만, 그 표현 기법의 모체를 아무리 인상파 화풍에서 찾으려 해도, 내가 그린 건 마치 종이 공예처럼 밋밋하기 짝이 없어, 작품이라 할 만한 게 될 것 같지는 않았습니다. 그렇지만 나는 다케이치의 그 말 한마디에, 그때까지 회화에 대한 내 마음가짐이 완전히 잘못되었음을 깨달았습니다. 아름답다 느낀 것을 그대로 아름답게만 표현하려고 애쓰는 안일함과 어리석음. 거장들은 아무것도 아닌 것을 주관에 따라 아름답게 창조하고, 또한 추한 것에 구역질을 느끼면서도, 거기에 대한 흥미를 감추지 않고, 표현하는 기쁨에 흠뻑 빠졌던 것입니다. 즉 누가 무슨 소릴 해도, 조금도 개의치 않는다는 원초적인 비법을 다케이치에게 전수받고서, 나는 내 방에 드나드는 그 여자 손님들 몰래 조금씩 자화상 그리기에 착수했습니다.

  나조차도 움찔할 만큼 음산한 그림이 완성됐습니다. 그러나 '이 그림이야말로 가슴속에 숨긴 나의 정체다. 겉으로는 명랑하게 웃고, 타인을 웃겨도 사실 난 이런 음울한 마음을 갖고 있다. 어쩔 수 없다' 하며 남몰래 수긍했지만, 다케이치 말고는 그 누구에게도 보여주지 않았습니다. 내 '광대 짓' 저변에 깔린 음산함을 간파해서 갑자기 인색하게 경계하는 것도 싫었습니다. 또한 이런 내 정체를 알아채지 못하고 색다른 취향의 광대 짓으로 간주해서는, 비웃을지도 모른다는 걱정이 들어, 이는 너무나 괴로운 일이었기에, 곧바로 그 그림을 벽장 깊숙이 집어넣었습니다.

학교 미술 시간에도 '도깨비 기법'은 숨기고, 지금껏 그래 왔듯 아름다운 것을 아름답게 그리는 평범한 기법을 사용했습니다.

다케이치에게만은 전부터 내 상처받기 쉬운 신경을 아무렇지도 않게 드러냈기 때문에, 이번 자화상도 안심하고 다케이치에게 보여주고 극찬을 받았습니다. 내친김에 두 장, 세 장 도깨비 그림을 계속 그려 보였더니, 그 녀석이 또 하나의 예언을 했습니다.

"넌 훌륭한 화가가 될 거야."

여자들이 내게 홀딱 반하게 되리라는 예언과, 훌륭한 화가가 되리라는 예언, 이 두 가지 예언을 얼간이 다케이치가 이마에 새겨주었고, 이윽고 나는 도쿄로 가게 되었습니다.

미술 학교에 가고 싶었지만, 아버지는 전부터 나를 고등학교에 집어넣어 관리할 생각이었고, 이미 내게도 그리 일러둔 터라, 말대꾸도 제대로 하지 못하는 성격의 나는 멀거니 순종할 따름이었습니다. 4학년이 되자 시험을 치라고 하는 데다, 마침 나도 벚꽃과 바다의 중학교가 웬만큼 싫증이 난 탓도 있고 해서, 5학년에 진급하지 않고 4학년을 마친 채, 도쿄의 고등학교에 합격하여 곧바로 기숙사 생활에 들어갔습니다. 그러나 그 더러움과 난폭함에 질려버린 나는, 광대 짓이고 뭐고, 의사에게 폐렴 진단서를 써달라고 해서 기숙사를 나와 우에노 사쿠라기에 있는 아버지 별장으로 옮겼습니다. 나는 단체 생활이란 걸 도저히 할 수 없는 놈입니다. 청춘의

감동이라느니, 청년의 자부심이라느니, 하는 말엔 한기를 느꼈고, 고등학생의 정신력 따윈 도대체가 따를 수가 없었습니다. 교실도 기숙사도 싹 다 뒤틀린 성욕의 쓰레기통 같아서, 내 완벽에 가까운 광대 짓도 거기서는 아무짝에도 쓸모가 없었습니다.

아버지는 의회가 없을 때는 한 달에 일이 주 정도만 그 집에 머물렀기 때문에, 아버지가 없으면 그 큰 집에 별장지기 노부부와 나, 이렇게 셋뿐이어서 종종 학교를 빠졌습니다. 그렇다고 도쿄를 구경할 맘도 딱히 없어서(끝내 메이지 신궁도, 구스노키 마사시게의 동상도, 센가쿠지에 있는 47인의 묘도 못 볼 듯합니다) 집에서 종일 책을 읽거나 그림을 그리거나 했습니다. 아버지가 도쿄에 오면 매일 아침 허둥지둥 학교에 갔지만, 혼고 센다기에 있는 서양화가 야스다 신타로 씨의 화방에 들러 세 시간이고 네 시간이고 데생 연습을 하는 날도 있었습니다. 기숙사를 나온 뒤로는, 학교 수업에 들어가도 나 혼자만 청강생처럼 특별한 위치에 있는 것 같아, 그건 내가 꼬여서 그렇게 생각했을 수도 있지만, 어쩐지 자꾸 어색해서, 학교 가는 것이 점차 내키지 않았습니다. 초등학교, 중학교, 고등학교를 통틀어, 결국 애교심이라는 것을 이해하지 못하고 끝났습니다. 교가 같은 것도 한 번도 외우려고 든 적이 없습니다.

그러다 화방의 한 미술학도한테서 술과 담배, 매춘부, 전당포, 그리고 좌익 사상을 배우게 되었습니다. 묘한 조합이긴 합니다만 사실입니다.

그 미술학도의 이름은 호리키 마사오, 도쿄 서민 동네에서 태어났고, 나보다 여섯 살이 많으며, 사립 미술 학교를 졸업했지만 집에 아틀리에가 없어, 이 화방에 다니며 서양화 공부를 계속하고 있다고 했습니다.

"오 엔만 빌려줄래?"

우린 서로 얼굴만 익혔을 뿐, 그때까지 말 한 번 섞어본 적이 없었습니다. 나는 당황해서 쩔쩔매며 오 엔을 내밀었습니다.

"좋았어, 한잔하러 가자. 이 몸이 너한테 한턱 쏜다. 참 잘생겼단 말이야."

차마 거절하지 못하고 화방 근처 호라이의 어느 카페로 끌려가면서, 그와의 교우가 시작되었습니다.

"전부터 널 눈여겨봤지. 바로 그거야 그거, 그 수줍은 미소. 바로 전도유망한 예술가 특유의 표정. 우리 우정을 위하여 건배하자! 기누 씨, 이 녀석 진짜 잘생겼지? 그렇다고 반하면 안 돼. 젠장, 이 녀석 때문에 난 두 번째 미남이 돼버렸다니까."

호리키는 까무잡잡하고 단정한 생김새에, 미술학도치고는 제대로 된 양복을 갖춰 입었고, 넥타이 취향도 괜찮았으며, 머리는 포마드를 발라 한가운데로 가르마를 타놓았습니다.

장소가 낯선 탓도 있었지만, 무엇보다 너무 겁이 나서, 팔짱을 꼈다 풀었다 하며, 그야말로 수줍은 미소만 짓고 있었는데, 맥주를 두세 잔 들이켜니 묘하게 해방된 듯 홀가분함을 느꼈습니다.

"나도 미술 학교에 들어가려고 했는데…."

"뭔 소리야, 학교는 진짜 따분해, 그런 따분한 델 대체 왜? 우리의 스승은 자연 속에 있다! 자연을 향한 파토스!"

하지만 나는 그의 말에 전혀 경의를 느낄 수 없었습니다. '멍청한 인간, 보나 마나 그림도 시원찮겠지. 그래도 뭐 같이 놀 상대로는 괜찮을지도' 하고 생각했습니다. 그야말로 그때 나는 난생처음으로 도시의 진짜 건달을 본 겁니다. 나와 형태는 다르지만, 인간의 삶에서 완전히 유리되어 갈 길을 잃고 방황한다는 점에서는 분명 똑같은 부류였습니다. 그러나 자신의 광대 짓을 전혀 의식하지 못하고, 그 광대 짓의 비참함을 일절 깨닫지 못한다는 점에서는 나와 본질적으로 달랐습니다.

'그저 노는 것뿐이다. 놀려고 만나는 것뿐이다.' 그런 생각으로 늘 그를 경멸하고 때론 그와 어울리는 걸 수치스럽게 여기면서도 그와 함께 어울려 다니다, 결국 이 녀석에게까지 박살이 나고 말았습니다.

처음엔 이 녀석을 착한 사람, 그저 보기 드물게 좋은 사람쯤으로만 생각했습니다. 인간 공포증이 있던 나조차도 완전히 방심해서는 그저 도쿄에 좋은 안내자가 생겼다는 정도로만 여겼습니다. 사실 난 혼자서 전철을 타면 차장이 두렵고, 가부키 극장에 가고 싶어도 붉은 카펫이 깔린 정문 계단 양

쪽에 나란히 서 있는 안내양들이 두렵고, 레스토랑에 가면 등 뒤에 잠자코 서서 접시가 비기만을 기다리고 있는 웨이터가 두렵고, 특히 값을 치를 때, 아아, 내 그 어색한 손놀림이란, 나는 물건을 사고 돈을 낼 때 좀생이라서가 아니라, 극심한 긴장감, 극심한 당혹감, 극심한 불안과 공포에 그만 머리가 핑글핑글 돌고 세상이 깜깜해지면서 거의 반미치광이처럼 되어버립니다. 흥정은커녕 거스름돈 받는 걸 깜빡하거나, 심지어 산 물건을 두고 오는 일도 종종 있었기에, 도저히 혼자서는 도쿄 거리를 나다닐 방도가 없어, 하는 수 없이 온종일 집에서 뒹굴뒹굴할 수밖에 없었던 속사정이 있었던 겁니다.

호리키에게 지갑을 맡기고 함께 돌아다니면, 그 녀석은 흥정을 잘하고, 놀 줄 안다고나 해야 할까, 얼마 안 되는 돈으로도 최대의 효과를 누리게끔 돈을 썼으며, 비싼 택시는 멀리하고 전철이나 버스, 작은 증기선 들을 두루두루 적절히 잘 이용해 최단 시간에 목적지에 도착하는 수완도 보였습니다. 매춘부와 하룻밤을 보내고 돌아오는 길에는, 무슨 무슨 요정에 들러 아침 목욕을 즐기고, 뜨끈한 두부에다 가볍게 술 한 잔하면 저렴하게 호화스러운 기분을 낼 수도 있다며 내게 현장 교육을 해주기도 했고, 그밖에도 노점에서 파는 소고기덮밥이나 꼬치구이가 싸면서도 영양가가 풍부하다고 열변을 토하는가 하면, 빨리 취하는 데는 전기 브랜디(브랜디가 혼합된 술의 상표명. 당시 일본에 처음 전기가 들어오면서 제품에 '전기'라는 이름을 붙이는 것이 유행이었다-옮긴이)만한 게 없다고 큰 소리를 쳐대곤 했는데, 아무튼 돈 계산만큼은 나를 한 번도 불안이나 공포로 몰아넣은 적이 없었습니다.

또 호리키와 어울리면서 좋았던 점은, 상대방 의견 따윈 나 몰라라 하며, 이른바 그 열정이 뿜어져 나오는 대로(어쩌면 열정이란 상대의 입장을 무시하는 건지도 모르지만) 진종일 시답지 않은 소리를 주절대기 때문에, 두 사람이 돌아다니다 말도 안 나올 만큼 지쳐도 어색한 침묵에 빠질 걱정이 절대 없다는 것이었습니다. 다른 사람들과 있을 때는 그 무시무시한 침묵이 모습을 드러낼까 두려워, 원래는 입이 무거운 내가 필사적으로 광대 짓을 해온 것입니다. 그러나 지금 이 호리키란 얼간이는 눈치도 못 채고 그 광대 짓을 자처해서 하고 있으니, 나는 대꾸도 하는 둥 마는 둥 그저 한 귀로 듣고 한 귀로 흘려버리다, 가끔 설마, 하며 웃어주면 그뿐이었습니다.

술, 담배, 매춘부, 그건 모두 비록 일시적이긴 해도, 나의 인간 공포증을 누그러뜨리는 데는 그만한 게 없었습니다. '그러한 수단을 얻기 위해서라면, 내 모든 걸 팔아치워도 좋다'라는 생각까지 하게 되었습니다.

내게 매춘부란, 인간도 여자도 아닌, 그저 백치나 미치광이 같아서, 그 품에서는 안심하고 푹 잘 수 있었습니다.

모두들 서글플 만큼 참으로 털끝만큼도 욕심이란 게 없었습니다. 그리고 나한테 동류의 친밀감을 느끼는지 그 매춘부들은 늘 내게 거북하지 않을 만큼의, 자연스러운 호의를 베

풀었습니다. 아무런 이해타산 없는 호의, 강매하지 않는 호의, 두 번 다시 오지 않을지도 모를 이에 대한 호의, 나는 그 백치나 미치광이 매춘부들에게서 실제로 마리아의 원광을 보았던 밤도 있었습니다.

하지만 나는 인간에 대한 공포에서 도망쳐 초라한 하룻밤의 안식을 구하기 위해 그곳으로 갔습니다. 그야말로 나와 '같은 부류'인 매춘부들과 놀아나는 동안, 어느 틈엔가 나도 의식하지 못하는 사이, 어떤 역겨운 분위기가 내 몸 주위를 떠다닌 모양이었습니다. 이건 나로서는 전혀 예상할 수 없었던, 말하자면 덤으로 딸린 '부록'이었지만, 차츰 그 '부록'이 선명하게 표면으로 떠올라, 결국 호리키에게 지적당하고야 말았습니다. 나는 까무러치게 놀랐고 불쾌함을 느꼈습니다. 속된 말로 나는 매춘부와 놀아나면서 여자를 배웠으며, 심지어 최근에는 그 기술이 부쩍 좋아졌습니다. 여자 공부는 매춘부한테 하는 것이 가장 확실하고, 또 그만큼 효과가 죽인다더니, 벌써 내게는 '여자를 잘 다루는' 냄새가 지독하게 배어버려서, 여자들이(매춘부뿐만 아니라) 본능적으로 그걸 맡고 들러붙는다는, 그런 음란하고 불명예스러운 기운을 '부록'으로 받았고, 그쪽이 내 안식보다 더 도드라져 보이는 것 같았습니다.

호리키의 말은 반은 칭찬처럼 한 것도 있겠지만, 내게도 마음을 무겁게 짓누르는 일이 있었습니다. 찻집 여자로부터 유치한 편지를 받은 일도 있었고, 사쿠라기 별장 이웃집의 스무 살쯤 된 장군의 딸이 아침마다 내가 학교 가는 시간에, 별 볼일도 없어 보이는데 엷게 화장을 하고선, 괜히 자기 집 대문을 들락날락한 일도 있었고, 쇠고기를 먹으러 갔을 때는, 난 가만히 있는데 거기서 일하는 종업원이…, 또 자주 가는 담배 가게 아가씨가 내민 담뱃갑 속에…, 또 가부키를 보러 갔을 땐, 옆자리에 앉은 여자가…, 또 심야 전철 안에서 술에 취해 잠들어 있을 때도…, 또 뜻밖에 고향 친척 집 딸에게서도 간절한 편지가 왔고…, 또 누군지도 모를 아가씨가 내가 집을 비운 사이 손수 만든 인형을…, 내가 극도로 소극적인 탓에 모두 그쯤에서 끝난 거지, 딱 그때뿐, 그 이상의 진전은 한 번도 없었습니다만, 여자에게 어떤 희망을 주는 분위기가 어딘가에 감돈다는 건, 이건 여자들에게 인기가 많다는 단순한 자랑질이 아니라, 부정할 수 없는 현실이었습니다. 호리키 같은 녀석에게 그런 지적을 받으니, 굴욕 비슷한 씁쓸함을 느끼는 동시에 매춘부와 노는 일에도 갑자기 흥미를 잃었습니다.

  호리키는 또한 유행을 좇으려는 허영심에서(호리키의 경우, 이것 말고는 아직도 난 다른 이유를 찾아내지 못했습니다) 어느 날 나를 공산주의 독서회라고 했던가(R·S라고 했던가, 기억이 확실치 않습니다) 아무튼 그 비밀 연구회에 데려갔습니다. 호리키 같은 녀석에게는 공산주의 비밀 모임도 예의 그 '도쿄 안내'의 하나에 불과했을지도 모릅니다. 나는 거기서 이른바 '동지'에게 소개되었고, 팸플릿을 한 부 사야 했고, 상석에 있는 지독하게 못생긴 청년한테서 마르크스 경제학 강의를 들었습니다. 하지만 그건 너무 빤한 얘기들처럼 들렸습니다. 그야 물론 다 맞는 소리겠지만, 인간의 마음속에는 좀 더 정체 모를 무서운 뭔가가 있다, 욕심이라는 말로도 부족하고, 허영이라는 말로도 부족한, 색色과 욕慾이라는 두 단어를 펼쳐놓고 봐도 부족한, 뭔지는 나도 잘 모르겠지만, 인간 세상의 밑바닥에는 경제만으로는 풀리지 않는, 희한하게 괴담 같은 것이 있는 것 같아, 그 괴담에 잔뜩 겁먹은 나로서는 이른바 유물론을, 물이 낮은 곳으로 흐르듯 자연스레 긍정하면서도, 그러나 단지 그것으로 인간에게 느끼는 공포에서 해방되고 신록에 눈을 뜨며 희망의 기쁨 따위를 느끼는 일은 결코 없었습니다. 그렇지만 나는 한 번도 빼먹지 않고 그 R·S(라고 했지만, 아닐지도 모릅니다)라는 곳에 참석했는데, '동지'들은 무슨 대단한 큰일이라도 하는 양, 경직된 얼굴로 1 더하기 1은 2라는 식의, 거의 초등 산수 같은 이론 연구에 몰두하고 있었습니다. 그 꼴이 하도 우스워서 예의 그 광대 짓으로 모임 분위기 좀 바꿔보려 힘썼고, 그 덕분인지 차츰 연구회의 답답한 분위기가 풀어지면서 나는 그 모임에 더 이상 없어서는 안 될 인기인이 되었습니다. 이 단순해 보이는 사람들도 역시나 나를 자기들과 마찬가지로 단순하고, 낙천적인 광대 '동지' 정도로 생각했을지도 모르지만, 만일 그랬다면 나는 하나부터 열까지 그들을 속인 셈입니다. 나는 그들의 동지가 아니었습니다. 그렇더라도 그 모임에는 늘 빠지지 않고 출석하며 모두에게 광대 짓을 서비스했습니다.

좋아했기 때문입니다. 그 사람들이 마음에 들었습니다. 그렇지만 그게 꼭 마르크스로 맺어진 친밀감 때문만은 아니었습니다.

비합법. 그것이 어렴풋하게 즐거웠던 것입니다. 그게 오히려 편안했습니다.

세상에서 합법이라고 하는 것들이 도리어 더 무서웠습니다(거기에는 정체 모를 뭔가가 강렬하게 느껴집니다). 그 장치를 이해할 수 없어서, 뼛속까지 한기가 드는 그 창문 없는 방에서는 도저히 앉아 있을 수가 없었습니다. 창문 밖이 비록 비합법의 바다라 할지라도 그 속으로 뛰어들어 헤엄치다 그냥 죽음에 이르는 편이 훨씬 마음 편할 것 같았습니다.

음지인이라는 말이 있습니다. 인간 세계에서는 비참한 패배자나 악덕한을 이르는 말 같습니다만, 나는 내가 태어날 때부터 음지인 같다는 생각이 들어, 세상에서 음지인이라고 손가락질당하는 사람과 맞닥뜨리게 되면 나는 반드시 상냥해지고 맙니다. 그렇게 생긴 그 '상냥한 마음'은 나조차도 황홀할 지경이었습니다.

또 범인犯人 의식이라는 말이 있습니다. 인간 세계에서 평생 그 의식에 시달리면서도, 한편으론 나에게 조강지처럼 좋은 반려자와 같아서, 그 녀석과 단둘이 쓸쓸하게 보내는 게 어쩌면 내가 살아가는 방식 중 하나일지도 모른다는 생각이 듭니다. 또 흔히 정강이에 상처 입은 몸(다른 사람에게 감추고 있는 꺼림칙한 일이나 과거에 나쁜 짓을 해서 뒤가 켕기는 일이라는 뜻의 일본 격언-옮긴이)이라고들 하는데, 그 상처는 내가 아기였을 때부터 저절로 정강이에 생겨, 성장할수록 치유되기는커녕 점점 더 깊어져서는 결국 뼛속까지 파고들어, 밤마다 천변만화하는 지옥을 겪었습니다. 하지만(이건 아주 기묘한 말이기는 합니다만) 그 상처는 점점 혈육보다도 친숙해져서, 그 상처의 아픔이 꼭 살아 있는 것만 같고, 애정 어린 속삭임으로까지 느껴졌습니다. 내게는 그 지하 운동 조직의 분위기가 묘하게 안심이 되고 편안했습니다. 다시 말해 그 운동의 본디 목적보다도, 그 운동의 껍데기가 나와 맞는다는 느낌이었습니다. 호리키의 경우는 가벼운 마음에서 딱 한 번 나를 모임에 보여주러 갔을 뿐, 마르크스주의자는 생산 부문 연구와 동시에 소비 부문 시찰이 필요하다는 등 어설픈 헛소리를 해대며, 정작 자기는 모임에 나오지도 않으면서 나를 소비 부문 시찰 쪽으로 끌어들이려고만 했습니다. 생각해보면, 당시에는 별의별 형태의 마르크스주의자가 있었습니다. 호리키처럼 그저 유행을 좇으려는 허영심에서 마르크스주의자를 자칭하는 자도 있었고, 또 나처럼 그저 비합법의 냄새가 마음에 들어 버티고 앉은 사람도 있는 것 같았습니다. 만약 이런 실체가 마르크시즘을 진심으로 신봉하는 자에게 들통난다면, 호리키도 나도 아주 눈물이 쏙 빠지게 혼꾸멍나고, 비열한 배신자라며 즉시 그 자리에서 쫓겨났을 것입니다. 그러나 나는 물론 호리키조차도 좀체 제명되지 않았습니다. 특히나 나는 그 비합법의 세계에서만큼은, 신사적인 합법의 세계에서보다 더 느긋하고, 소위 '건강'하게 행동할 수 있었기 때문에, 그들의 가능성 있는 '동지'가 되어, 나로서는 푸흡 웃음이 터져 나오리만치 지나치게 비밀스러운 이런 저런 임무를 부탁받았습니다. 사실 나는 그런 임무들을 거절 한 번 하지 않고 그저 담담하게 뭐든 넙죽넙죽 받았는데, 괜히 어색하게 행동해서 개(동지들은 경찰을 그렇게 불렀습니다)에게 의심받아 불심 검문으로 일을 그르치는 일도 없이, 실실 웃으면서 혹은 웃기면서(그 운동 무리는 무슨 거사라도 치르는 듯 긴장하며, 어설프게 탐정소설 흉내 내는 짓까지 해가면서, 극도로 경계 태세를 취했습니다. 더구나 내게 부탁하는 일은 참으로 어이가 없을 만큼 시시한 것이었는데, 그들은 그 임무가 엄청나게 위험한 일이라며 잔뜩 힘을 줬습니다) 아무튼, 그들이 칭하는 임무를 확실히 처리해냈습니다. 당시 내 마음으로 말할 것 같으면, 당원으로 체포되어 설령 종신형을 선고받아 형무소에서 썩게 된다 한들 상관없었습니다. 인간 세상의 '실생활'이라는 것에 벌벌 떨며, 매일 밤 불면의 지옥에서 신음하느니, 차라리 감옥이 낫겠다는 생각이 들었습니다.

아버지는 사쿠라기 별장에서도 손님 접대다, 외출이다, 뭐다 분주했기에, 한집에 있어도 사나흘 동안 얼굴을 마주할 일이 없었습니다만, 나는 여전히 아버지가 어렵고 무서워서, 이 집을 나가 어디든 하숙이라도 해야지 싶었습니다. 차마 그 말을 입 밖에 내지 못하던 참이었는데, 마침 아버지가 그 집을 조만간 팔 것 같다는 말을 별장지기 노인에게서 들었습니다.

아버지의 의원 임기도 슬슬 끝나가고, 뭐 이런저런 이유가 있겠지만, 더 이상 선거에 나갈 의지도 없어 보였습니다. 더구나 이미 은퇴 후 지낼 거처도 고향에 마련한 것으로 보아, 도쿄에는 조금의 미련조차 없는 듯했습니다. 고작 고등학교 일 학년밖에 안 되는 나를 위해 저택과 하인을 남겨두는 것도 쓸데없는 짓이라고 생각했는지(아버지의 마음 또한 세상 사람들의 마음처럼 잘 모르겠습니다) 어쨌든 그 집은 곧 남의 손에 넘어가, 나는 혼고 모리카와에 있는 선유관이라는 낡은 하숙집의 어두컴컴한 방으로 이사했고, 금세 돈에 쪼들리기 시작했습니다.

그때까지는 아버지에게서 다달이 일정한 금액의 용돈을 받았고, 비록 그 돈은 이삼일이면 몽땅 바닥이 났을지라도, 담배나 술, 치즈나 과일 같은 게 늘 집에 가득했고, 책이나 문구류, 그밖에도 옷 등등을 언제든 근처 가게에서 이른바 '외상'으로 구할 수 있었으며, 호리키에게 메밀국수나 덮밥을 사줄 때도 아버지 동네 단골 가게라면, 다 먹고 그냥 말없이 가게를 나와도 괜찮았습니다.

그런데 갑자기 혼자 하숙을 하게 되면서, 이 모든 것을 다달이 받는 돈으로 충당해야 했기에 무척 당황스러웠습니다. 송금받은 돈은 역시나 이삼일이면 모두 다 바닥나서, 너무나 두렵고 불안해서 미칠 것만 같았습니다. 아버지와 형, 그리고 누나에게 번갈아 돈을 보내달라고 부탁하는 전보나 속달 편지(편지 내용은 모두 '광대 짓'으로 꾸며냈습니다. 남에게 뭔가를 부탁할 때는, 우선 그 사람을 웃기고 보는 것이 상책이라고 생각했던 것입니다)를 연달아 부치는 한편, 호리키에게 배운 대로 부지런히 전당포를 들락거렸는데도 늘 돈이 궁했습니다.

내겐 아무런 연고도 없는 하숙집에서, 홀로 '생활'해나갈 능력이 없었던 것입니다. 그 하숙방에서 혼자 덩그러니 있는 게 두렵고, 당장에라도 누군가 들이닥쳐 공격을 퍼부을 것 같은 기분이 들어, 거리로 뛰쳐나가 그 지하 운동을 거들거나, 호리키와 싸구려 술이나 퍼마시러 다니며 학업도 미술 공부도 포기하다시피 했습니다. 그러다 고등학교에 입학한 지 이태째 되던 십일월, 나보다 연상인 유부녀와 동반 자살 사건을 일으키면서 내 인생은 크게 뒤바뀌고 말았습니다.

학교도 빠지고 공부도 아예 안 했는데, 희한하게 시험 치는 요령이 좋은 건지, 그럭저럭 그때까지는 고향에 있는 가족을 속일 수 있었습니다. 하지만 출석 일수가 부족하다는 등의 이유로 학교에서 슬슬 고향에 있는 아버지에게 은밀히 보고를 넣은 것인지, 아버지를 대신해 큰형님이 내게 엄중한 내용이 담긴 장문의 편지를 보내왔습니다. 그렇지만 그보다 내게 직접적인 고통을 주는 건, 돈이 없다는 것과 예의 그 지하 운동 일이 더는 장난삼아 할 수 없을 만큼 엄청나게 바빠졌다는 것입니다. 어느샌가 나는 중앙 지구라고 했던가, 무슨 지구라고 했던가, 아무튼 혼고, 고이시카와, 시타야, 간다

부근에 있는 모든 학교에 재학 중인 마르크스 학생들의 행동 대장이 되어 있었습니다. 무장봉기라는 말에 작은 칼을 사서(지금 생각하면 그것은 연필을 깎기에도 모자랄 가냘픈 칼이었습니다) 코트 주머니에 찔러 넣고 사방팔방 돌아다니며 소위 '접선'을 취했습니다. 술을 마시고 푹 자고 싶었지만 돈이 없었습니다. 게다가 P(당을 그런 은어로 불렀던 것으로 기억합니다만, 어쩌면 아닐지도 모릅니다) 쪽에서는 숨 돌릴 새도 없이 연거푸 임무를 맡겼습니다. 나의 병약한 몸으로는 도저히 감당할 수 있을 것 같지 않았습니다. 애초에 비합법이 마음에 들어 일을 거든 것뿐인데, 그야말로 농담이 갑자기 진담이 된 꼴로 혼이 나갈 정도로 바빠지자, 속으로 P 사람들에게 '사람 잘못 골랐어. 이런 건 당신들 직속 부하들을 시켰어야지' 이런 분한 느낌을 떨칠 수 없어 도망쳤습니다. 도망치고 나서도 역시 기분이 좋지 않아 죽어야겠다고 생각했습니다.

그 무렵 내게 특별한 호의를 보이는 여자가 셋 있었습니다. 한 사람은 내가 묵고 있던 선유관 집 딸이었습니다. 이 아가씨는 내가 그 운동 일을 거들고 녹초가 되어 돌아와 밥도 못 먹고 잠이 들면, 꼭 편지지와 만년필을 들고 내 방으로 찾아왔습니다.

"미안해요. 아래층은 동생이 너무 시끄러워서, 편지를 제대로 쓸 수가 있어야죠."

그러면서 내 책상에 앉아, 한 시간이나 넘게 뭔가를 끼적이는 것이었습니다.

나 또한 모르는 척 잠이나 자면 좋으련만, 자기한테 제발 말 좀 걸어줬으면 하는 눈치라서, 늘 그래왔듯 수동적 봉사 정신을 발휘하여, 실은 입도 뻥긋하고 싶지 않았지만, 지칠 대로 지친 몸에 헙 하고 기합을 넣고는 엎드린 채 담배를 피우며 말했습니다.

"여자한테 받은 러브레터로 목욕물을 데우는 남자가 있대요."

"어머, 뭐야. 그거 당신이죠?"

"우유를 데워 마신 적은 있어요."

"영광이네요. 이걸로 드셔요."

'이 사람 언제까지 여기 있을 작정이지? 편지라니, 빤히 다 보이는데.' 분명 낙서질이나 하고 있는 게 틀림없습니다.

"보여줘요."

죽었다 깨도 보고 싶지 않은 심정으로 그리 말하면, "어머, 싫어요. 아이, 난 몰라" 하면서 기뻐하는 꼴이 어찌나 흉한지, 빨리 가버리길 바랄 뿐이었습니다. 그래서 무슨 일이라도 시켜야겠다고 생각했습니다.

"저기 미안한데, 전찻길 쪽 약국에 가서 칼모틴, 그 수면제 좀 사다 줄래요? 너무 피곤해서 그런지 얼굴이 화끈거리고 잠이 안 와서. 미안해요. 돈은…."

"괜찮아요, 돈이야 뭐."

여자는 기뻐하며 일어섰습니다. 심부름을 시킨다는 건 결코 여자를 실망시키는 일이 아니며, 오히려 남자에게 심부름을 부탁받으면 좋아한다는 것을, 나는 잘 알고 있었습니다.

또 한 사람은 여자고등사범학교의 문과 학생으로, 이른바 '동지'였습니다. 이 사람과는 운동 일로 얽혀서, 싫어도 매일 얼굴을 마주해야 했습니다. 회의가 끝난 뒤에도 그 여자는 줄곧 나를 따라다니며, 괜히 내게 물건을 사주었습니다.

"날 친누나라고 생각해."

"그럴 생각이었어요."

나는 그 꼴 같지도 않은 수작질에 몸서리를 치면서도, 우수에 젖은 미소를 자아내며 화답했습니다. 여자를 화나게 하면 무서우니까 어떻게든 속여서 넘어가야 한다는 일념으로 그 못생기고 넌덜머리 나는 여자에게 봉사를 하고서, 뭔가를 받으면(그것은 실로 괴상한 물건들뿐이어서, 대부분 받자마자 꼬치집 아저씨에게 줘버렸습니다) 기쁘다는 얼굴로 농지거리를 하며 웃겨주었습니다. 어느 여름밤은 진드기처럼 붙어서는 도통 떨어질 기미가 보이질 않아, 후미진 길에서 제발 좀 꺼져라 하는 심정으로 키스를 했더니, 한심스럽게도 광란을 일으키듯 흥분해버려서는, 자동차를 불러 예의 그 운동을 위해 비밀 장소로 빌려놓은 듯한 건물 방으로 날 데려가 아침까지 생난리를 피워댔습니다. 나는 '진짜 말도 안 되는 누나로군'이라고 생각하며 남몰래 쓴웃음을 지었습니다.

하숙집 딸이나 이 '동지'나 어찌 됐든 매일 얼굴을 마주해야 하는 상황이라, 지금껏 만난 여자들처럼 능숙하게 피하지 못하고, 나의 그 불안감 때문에 두 사람 비위만 맞추며 질질

끝다, 결국 나는 발이 묶여버렸습니다.

 비슷한 시기, 나는 긴자에 있는 어느 큰 카페의 여급에게 뜻하지 않은 신세를 졌습니다. 딱 한 번 만났을 뿐인데, 그 신세 진 일에 매여, 역시 옴짝달싹 못 할 만큼 걱정되고 두려웠습니다. 그즈음에는 더 이상 호리키의 안내를 받지 않아도 혼자서 전차도 탈 수 있고, 가부키 극장에도 갈 수 있고, 잔무늬가 있는 기모노를 입고 카페에 들어갈 수 있을 정도로 뻔뻔함도 가장할 수 있게 되었습니다. 속으로는 여전히 인간의 자신감과 폭력성을 의심하고 두려워하고 고민하면서도, 겉으로는 조금씩 타인과 정면으로 인사를, 아니, 아니지, 난 역시 패배자 같은 광대의 그 고통스런 웃음을 동반하지 않고서는, 인사도 똑바로 하지 못하는 성향이었지만, 어쨌든 정신없이 허둥대는 인사라도 어찌어찌할 수 있을 정도의 '기량'을, 예의 그 운동으로 사방팔방 돌아다닌 덕분인가? 아님 여자? 그것도 아니면 술? 그런데 솔직히 말하면 돈 때문에 습득하려 했던 것뿐입니다. 어디에 있어도 무서운 건 매한가지니, 차라리 큰 카페에서 무수한 취객들과 여급, 웨이터 틈에 섞여 있으면, 나의 이 끝없이 쫓기는 듯한 마음이 조금은 안정되지 않을까, 그런 생각에 10엔을 들고 긴자의 그 큰 카페에 혼자 들어가 싱글거리며 맞아주는 여급에게 말했습니다.

 "10엔밖에 없어. 그러니까…."

 "걱정 말아요."

 어딘가 간사이 사투리가 묻어났습니다. 그리고 묘하게도

그 한마디가 부들부들 떨리는 마음을 가라앉혀주었습니다. 아니, 돈 걱정할 필요가 없어졌기 때문이 아닙니다. 그 사람이 곁에 있으니, 걱정할 필요 없겠다는 기분이 들었습니다.

나는 술을 마셨습니다. 그 사람과 있는 게 마음이 놓여 '광대 짓'을 할 생각도 딱히 들지 않아, 내 밑바탕에 깔린 말 없고 음침한 모습을, 있는 그대로 보여주며 조용히 술을 마셨습니다.

"이런 거 좋아해요?"

여자는 이런저런 요리를 내 앞에 내놓았습니다. 나는 고개를 저었습니다.

"술만 마셔요? 그럼 나도 한잔 줘요."

가을, 추운 밤이었습니다. 쓰네코(였다고 기억합니다만, 기억이 가물거려 확실한 건 아닙니다. 난 동반 자살하려 했던 상대의 이름조차 잊어버린 사람입니다)가 일러준 긴자 뒷골목의 어느 노점 초밥집에서 맛대가리 없는 초밥을 먹으며(그 사람의 이름은 잊었어도 그때 먹은 그 맛없는 초밥의 맛만은 어찌 된 일인지 생생하게 기억합니다. 그리고 구렁이 얼굴을 닮은 빡빡이 영감이 고개를 흔들어대며 아주 솜씨 좋은 요리사인 양 초밥을 만드는 모습도 눈앞에 보일 듯 선명히 떠올라서, 훗날 전철에서 '어디서 많이 본 얼굴인데?' 하고 머리를 굴려보면 '뭐야, 그때 그 초밥집 주인을 닮았잖아' 하고 깨닫고는 쓴웃음을 지은 적도 여러 번입니다. 그 사람의 이름도 얼굴 생김새까지도 기억에서 멀어진 지금, 그 초밥집 주인의 얼굴만은 그림으로 그릴 만큼 정확하게 기억하고 있다니,

아무래도 그때 먹은 초밥이 너무 맛없어서 내게 추위와 고통을 준 게 아닌가 싶습니다. 하기야 나는 맛있다는 초밥 가게에 다른 사람을 따라가서 먹어도 맛있다고 생각한 적은 한 번도 없습니다. 너무 큽니다. 항상 엄지손가락만 한 크기로 만들어줄 순 없는 걸까 생각했습니다) 그 사람을 기다리고 있었습니다.

그 여자는 혼조에 있는 목수의 집 이 층에 세 들어 살고 있었습니다. 그 이 층에서는 평소 음울한 내 마음을 조금도 숨기지 않고, 지독한 치통에 시달리는 것처럼 한 손으로 턱을 괸 채 차를 마셨습니다. 그런데 이런 모습이 오히려 그 사람의 마음에 박힌 모양입니다. 그 사람 주위도 늦가을의 찬바람이 불고 낙엽이 흩날리는, 완전히 고립되어 있는 느낌의 여자였습니다.

함께 자면서 그녀는 나보다 두 살이 많다, 고향은 히로시마, 남편이 있는데 히로시마에서 이발소를 하다, 작년 봄에 함께 집을 나와 도쿄로 도망쳤다, 결국 남편은 도쿄에서 제대로 된 일거리를 못 찾고 사기죄로 몰려 형무소에 잡혀갔다, 매일 이것저것 챙겨주러 형무소로 찾아가는데, 내일부터는 그만두겠다, 그런 이야기들을 했지만, 나는 이런 여자의 신세 한탄에 도통 재미를 못 느껴서, 아니면 여자의 말하는 방식이 서투른 탓인지, 이야기의 중점을 잘못 잡은 탓인지, 아무튼 난 늘 한 귀로 듣고 한 귀로 흘려버렸습니다.

'외로워.'

여자의 천만 마디 신세 한탄보다 그 한마디 중얼거림에,

나는 더 마음이 갈 것 같은데, 이 세상 여자들한테서 결국 그 말을 한 번도 들어보지 못했다는 게, 기괴하고도 신기하게 느껴졌습니다. 하지만 비록 여자들은, 입 밖으로 '외로워'라고 내뱉지는 않았어도, 말없이 서글픈 외로움을 몸에서 삼 센티미터 정도의 너비만큼 지니고 있어서, 그 사람에게 기대면 이쪽 몸도 그 기류에 휩싸여, 내가 가진 다소 삐딱하고 음울한 기류와 어울려 '물 밑 바위에 내려앉은 마른 잎'처럼 내 몸은 공포에서도 불안에서도 벗어날 수 있었습니다.

백치 같은 매춘부들의 품속에서 안심하고 깊이 잠들었던 것과는 달리(일단 그 매춘부들은 쾌활했습니다) 사기범의 아내와 보낸 하룻밤은, 정말 행복하고(이런 엄청난 말을 조금도 주저하지 않고 기꺼이 사용하는 일은 나의 이 수기 전편에 걸쳐 다시는 없을 겁니다) 해방된 밤이었습니다.

그러나 단 하룻밤이었습니다. 아침에 깨서 벌떡 일어났더니, 나는 원래의 경박하고 거짓말을 잘하는 광대로 돌아와 있었습니다. 겁쟁이는 행복마저도 두려워하는 법입니다. 솜뭉치에도 상처를 입습니다. 행복에 상처를 입기도 합니다. 나는 상처받기 전에 얼른 헤어지고 싶은 조급한 마음에, 광대 짓이라는 연막을 사방에 둘러쳤습니다.

"돈 떨어지면 정도 떨어진다는 말이 있잖아. 그건 거꾸로 해석해야 해. 돈 떨어지면 여자한테 차인다는 뜻이 아니야. 돈이 떨어지면 말이야, 남자가 제풀에 꺾여 한심해져. 웃음소리에도 힘이 없고, 괜히 삐딱해지고 말이야. 결국엔 될 대로 되라는 심정으로 남자가 먼저 여자를 버리는 거지. 정신이 반쯤 나가서는 버리고, 버리고, 또 버리고 끝까지 버린다는 뜻이야.《가네자와 대사전》에 그렇게 나와 있어. 딱한 노릇이지. 나도 그 심정 잘 알지만."

분명히 그런 바보 같은 말을 해서, 쓰네코를 웃게 했던 기억이 납니다. 오래 머무르면 안 될 것 같아, 세수도 안 하고 서둘러 나왔습니다. 그때 내가 지껄인 '돈 떨어지면 정도 떨어진다'는 엉터리 같은 말이 훗날 뜻하지 않은 결과를 낳았습니다.

그러고 나서 한 달 동안, 나는 그날 밤의 은인을 만나지 않았습니다. 헤어지고 나니, 나날이 기쁨은 엷어지고, 한때 입은 그 은혜가 너무나 두렵고 지독하게 나를 옭아매서, 그때 그 술값을 전부 쓰네코가 내게 했던 자잘한 일조차 점차 마음에 걸리기 시작했습니다. 쓰네코 역시 하숙집 딸이나 그 여자고등사범학교 문과 학생과 마찬가지로, 나를 협박할 것만 같아, 멀리 떨어져 있으면서도 쓰네코가 무서워 미칠 지경이었습니다. 더구나 나는 함께 잔 적이 있는 여자와 다시 만나면, 내게 잡아먹을 듯이 화를 낼 것만 같아, 만나기가 꺼려진 통에 점점 긴자를 멀리했습니다. 그러나 이런 내 성격은 교활해서가 아니라, 밤과 아침 사이에 일을, 하나도, 티끌만큼도, 연결하지 못한 채, 그저 완전히 망각한 듯, 두 세계를 차단시키고 살아가는 여자의 이런 신기한 현상을 아직 제대로 이해하지 못했기 때문입니다.

십일월 말, 나는 호리키와 간다의 노점에서 싸구려 술을 마셨는데, 이 못된 친구 놈이 노점을 나오고 나서도 어디 가서 더 마시자고 했습니다. 이젠 우리한테는 돈이 없다고 했는데도 마시자고 억지를 썼습니다. 그땐 나도 술에 취해서 대담해졌나 봅니다.

"좋아, 그러면 꿈나라로 데려가겠다. 놀라지 마라. 주지육림이라고 하는…."

"카페?"

"그래."

"가자!"

그렇게 두 사람은 전철을 탔고, 호리키는 신이 나서 떠들어댔습니다.

"난 오늘 밤 여자가 아주 고프단 말이야. 여급한테 키스해도 될까?"

나는 호리키의 그런 술주정을 별로 좋아하지 않았습니다. 호리키도 그렇다는 걸 잘 알고 있었기 때문에, 나에게 미리 선수 치는 것이었습니다.

"알겠냐고, 키스할 거야. 내 옆에 앉은 여급한테 반드시 키스하고야 만다. 알겠어?"

"맘대로 해."

"고맙다! 난 여자가 아주 고프거든."

긴자 4번가에 내려, 문자 그대로 주지육림인 큰 카페에, 쓰네코만 믿고 무일푼으로 들어갔습니다. 빈자리에 호리키와 마주 앉기가 무섭게, 쓰네코와 또 한 명의 여급이 달려오고, 또 한 명의 여급이 내 곁에, 그리고 쓰네코가 호리키 옆에 떡하니 앉는 바람에, 나는 순간 얼어붙었습니다. '쓰네코는 이제 키스를 당할 거야.'

화가 나진 않았습니다. 애초에 내겐 소유욕이라는 감정이 희박하고, 또 가끔 약간 분노 비슷한 감정이 올라오긴 해도, 그 소유권을 당당히 주장하며 남들과 다툴 기력이 없었습니다. 훗날 나는 내 아내가 겁탈당하는 것도 잠자코 지켜보기만 했을 뿐입니다.

나는 인간들의 싸움에 얽히고 싶지 않았습니다. 그 소용돌이에 휘말리는 것이 두려웠습니다. 쓰네코와 나는 하룻밤뿐인 사이입니다. 쓰네코는 내 것이 아닙니다. 화난다는 그런 생각은 내게 있을 수 없습니다. 하지만 난 흠칫 놀랐습니다.

내 눈앞에서 호리키의 맹렬한 키스를 받을 쓰네코의 신세가 안쓰러웠기 때문입니다.

'호리키에게 더럽혀진 쓰네코는 나와 헤어져야 할 거야. 게다가 나도 쓰네코를 붙잡을 정도의 긍정적인 열의는 없지. 아아, 이제 끝장이군' 하고 쓰네코의 불행에 순간 흠칫했지만, 곧 나는 물처럼 순순히 포기하고 호리키와 쓰네코의 얼굴을 마주 보며 히죽히죽 웃었습니다.

그런데 그 사태는 뜻밖에도 더욱 나쁜 쪽으로 전개되었습니다.

"관둘래."

호리키는 입을 실룩거리며 말했습니다.

"여자가 아무리 고파도 이런 빈티 나는 여자랑은…."

질린다는 듯 팔짱을 끼고 쓰네코를 빤히 쳐다보며 쓴웃음을 지었습니다.

"술 좀 줘. 돈은 없어."

나는 쓰네코에게 작은 소리로 말했습니다. 그야말로, 진창 퍼마시고 싶은 기분이었습니다. 이른바 속물적 시선에서 보면, 쓰네코는 취객의 키스를 받을 가치도 없는, 그저 초라하고 없어 보이는 여자였습니다. 내겐 전혀 예상치 못한, 청천벽력이었습니다. 나는 지금껏 전례가 없을 정도로 술을 퍼마시고 비틀비틀 취해 쓰네코와 얼굴을 마주하며 서글픈 미소를 지었습니다. 그런데 아닌 게 아니라, 그런 말을 듣고 보니 이 여자는 이상하게 지치고 가난해 보이는구나, 그런 생각이 들면서, 돈 없는 자들끼리의 친화감(빈부의 불화는 진부한 것 같지만, 역시 드라마의 영원한 테마 중 하나라고 생각합니다만), 그 친화감이 가슴속에 치밀어 올라와, 쓰네코가 사랑스러워지면서, 태어나 처음으로 내 쪽에서 적극적으로 미약하게나마, 사랑이란 감정이 일렁이는 걸 느꼈습니다. 토했습니다. 정신을 차릴 수가 없었습니다. 술을 마시고 이렇게 나를 놓아버릴 만큼 취한 것도 이때가 처음이었습니다.

눈을 떠보니 머리맡에 쓰네코가 앉아 있었습니다. 혼조에 있는 목수네 이 층 방에 누워 있었던 것입니다.

"돈 떨어지면 정도 떨어진다느니, 그런 말을 해대서 농담인 줄 알았는데 진짜였어? 통 오지도 않고. 인연이란 게 끊는 것도 참 어렵다. 돈이야… 내가 벌면 안 될까?"

"안 돼."

그러고서 그 여자와 잤고, 새벽녘, 여자의 입에서 '죽음'이라는 말이 처음으로 흘러나왔습니다. 여자도 인간으로서의 삶에 지칠 대로 지쳐 보였고, 나 또한 세상에 대한 두려움, 귀찮음, 돈, 예의 그 운동, 여자, 학업, 생각하면 도저히 더는 견디며 살아갈 자신이 없어, 그 사람의 제안에 선뜻 동의했습니다.

그렇지만 그때는 아직 '죽자'는 각오가 되어 있지 않았습니다. 어딘가 '장난' 같았습니다.

그날 오전 우리 두 사람은 아사쿠사 롯쿠를 헤매고 있었습니다. 찻집에 들어가 우유를 마셨습니다.

"당신이 내."

자리에서 일어나 품속에서 지갑을 꺼내 열어보니 동전이 세 개. 수치스러운, 아니 그보다 처참한 마음에 휩싸이며, 홀연히 뇌리에 떠오르는 건, 선유관의 내 방 교복과 이불만이 남은, 이제는 전당포에 맡길 만한 물건 하나 없는 황량한 방, 그밖에는 내가 지금 입고 돌아다니는 잔무늬 기모노와 망토. '이것이 내 현실이다. 살아갈 수 없다.' 나는 확실히 깨달았습니다.

내가 쩔쩔매고 있자, 여자도 서서 내 지갑 속을 들여다보았습니다.

"에계, 겨우 그것뿐?"

무심코 한 말이었지만, 이게 또 찌르르 뼈에 사무칠 정도로 아팠습니다. 처음으로 내가 사랑한 사람의 말이니만큼 아팠습니다. 그것뿐도, 이것뿐도 아닌, 동전 세 개는 그냥 돈이 아니었던 겁니다. 그건 내가 입때껏 맛본 적 없는, 기묘한 굴욕감이었습니다. 도저히 살아 있을 재간이 없는 굴욕이었습니다. 아무래도 그 무렵의 나는 부잣집 도련님이라는 종속에서 아직 완전히 벗어나지 못한 것이겠지요. 그때, 나는 스스로 죽어버리리라 진짜로 마음먹었습니다.

그날 밤, 우리는 가마쿠라 바다에 뛰어들었습니다. 여자는 가게 친구한테서 빌린 거라며 허리띠를 풀어 바위 위에 개켜서 올려놓고, 나도 망토를 벗어 같은 자리에 두고 함께 바다로 뛰어들었습니다.

여자는 죽었습니다. 그리고 나만 살아남았습니다.

내가 고등학생인 데다 아버지의 명성도 있어, 소위 기삿거리가 되었는지, 신문에서 제법 큰 화두가 된 모양이었습니다.

나는 바닷가 병원으로 옮겨졌습니다. 고향에서 친척 한 사람이 달려와 이런저런 치다꺼리를 해주고는, 고향의 아버지를 비롯한 온 일가가 격분하고 있으니, 이 일로 본가와 의절하게 될지도 모른다는 말을 내게 전하고 돌아갔습니다. 하지만 나는 그런 것보다 죽은 쓰네코가 그리워서 흐느껴 울기만 했습니다. 지금껏 만난 사람들 가운데, 그 빈티 나는 쓰네코만을 진심으로 좋아했으니까요.

하숙집 딸에게서는 단가를 오십 수나 써재긴 장문의 편지를 받았습니다. '살아줘'라는 이상한 말로 시작하는 단가만 오십 수였습니다. 또 간호사들은 내 병실에 밝게 웃으며 들어왔고, 그중에는 내 손을 꼭 잡고 돌아가는 간호사도 있었습니다.

병원에서는 내 왼쪽 폐가 고장 났다는 것을 발견했는데, 때마침 그건 내게 상당히 유리한 일이 되었습니다. 이윽고 나는 자살 방조죄라는 죄명으로 경찰서로 끌려가긴 했지만, 경찰 쪽에서는 나를 환자로 취급해주며 특별히 보호실로 수용했습니다.

늦은 밤, 보호실 옆 숙직실에서 불침번을 서고 있던 늙은 순경이 문을 살짝 열고 "어이!" 하고 내게 말을 걸어왔습니다.

"춥지? 이리 와 앉아라."

나는 일부러 천천히 숙직실로 들어가 의자에 앉아 난로를 쬐었습니다.

"역시 죽은 여자가 그리운 게지."

"네."

한층 더 기어들 듯한 가느다란 목소리로 답했습니다.

"그게 바로 인정이라는 게다."

그는 점점 대담해졌습니다.

"처음 여자와 관계를 맺은 곳이 어디더냐?"

판사라도 되는 양 점잔을 빼며 물었습니다. 그는 나를 어린애라고 얕잡아보고 가을밤의 심심함을 달래려 그 자신이 취조 주임이나 되는 것처럼 꾸며서는, 내게서 음담패설 같은 진술을 끄집어내려는 속셈이었습니다. 나는 재빨리 그걸 알아차리고 웃음이 터져 나오려는 걸 애써 참았습니다. 순경의 그런 '비공식적인 심문'에 답변을 거부해도 된다는 것쯤은 나도 알고 있었지만, 가을밤이고 하니 장단을 좀 맞춰주려고, 나는 순수하게 그 순경이야말로 조사 주임이고 형벌의 경중에 대한 결정도 순경의 뜻에 달려 있다고 굳게 믿어 의심치 않는 듯한, 소위 성의란 걸 보여주며, 그의 야릇한 호기심을 적당히 채워줄 만한 '진술'을 했습니다.

"음, 대충 알아들었다. 뭐든 솔직하게만 답하면 우리 쪽에서도 잘 처리해줄 테니."

"고맙습니다. 잘 부탁드립니다."

거의 입신의 경지에 오른 연기였습니다. 나 자신을 위해서는 아무것도, 하나도, 특별히 내세울 것 없는 열연이었습니다.

날이 밝자 서장에게 불려갔습니다. 이번에는 본격적인 취조였습니다.

문을 열고 서장실로 들어가자마자, 그가 말했습니다.

"오호, 아주 잘생겼네. 그건 자네 탓이 아니지. 이렇게 미남으로 낳아준 자네 어머니 잘못이야."

까무잡잡하고 대학물을 먹었을 법한 아직 젊은 서장이었습니다.

느닷없이 그런 소리를 들으니 얼굴 반쪽에 온통 벌겋게 멍자국이 든 것 같은, 보기 흉한 불구자가 된 것 같은 비참한 기분이 들었습니다.

유도나 검도 선수 같은 서장의 취조는 어찌나 시원시원하던지, 간밤에 늙은 순경의 은근하고 집요하기 짝이 없는 호색한의 '취조'와는 하늘과 땅 차이였습니다. 심문이 끝난 뒤 서장은 검사국에 보낼 서류를 적으며 말했습니다.

"몸을 잘 챙겨야지. 혈담이 나왔다던데?"

그날 아침, 이상하게 기침이 나서 기침이 날 때마다 손수건으로 입을 가렸는데, 그 손수건에 빨간 싸락눈이 내린 것처럼 피가 묻어 있었습니다. 하지만 그건 목구멍에서 나온 피가 아니라 어젯밤 귓속에 생긴 작은 종기를 만지작거리다 그 종기에서 묻은 피였습니다. 하지만 그 얘기는 털어놓지 않는 편이 나중에 유리할 것 같아 단지, "네"라고 눈을 내리깔고 착하게 대답해두었습니다.

서장은 서류를 다 쓰고 나서 말했습니다.

"기소가 될지 말지는 검사님이 결정할 일이지만, 자네의 신원 인수인에게 전보나 전화로 오늘 요코하마 검사국으로 와달라고 해두는 게 좋을 거야. 누군가는 있겠지? 보호자나 보증인이라는 것 말일세."

아버지의 도쿄 별장에 드나들던 서화 골동품상 시부타라는 사람이 있었습니다. 그는 우리 고향 사람으로, 아버지의 아첨꾼 노릇을 하던 땅딸막한 몸집의 마흔 살 독신남이었는데, 그가 내 학교 보증인이었다는 게 떠올랐습니다. 그 남자의 얼굴이, 특히 눈매가 넙치를 닮았다고 해서 아버지는 늘 그 남자를 넙치라고 불렀고, 나도 그렇게 부르는 데 익숙했습니다.

나는 경찰 전화번호부를 빌려서, 넙치 집 전화번호를 찾아내 그에게 전화를 걸었습니다. 요코하마 검사국으로 와달라고 부탁했더니, 넙치는 사람이 변한 것처럼 으스대는 어조였지만, 여하튼 내 부탁을 들어주었습니다.

"어이, 그 전화기 빨리 소독해. 혈담이 나온다는 말 못 들었어?"

내가 다시 보호실로 들어가자, 순경들에게 명령하는 서장의 큰 목소리가 보호실에 앉아 있는 내 귀에까지 울렸습니다.

점심때가 지나고 나는 가느다란 밧줄에 몸이 묶여 망토로 가리는 것은 허락되었지만, 그 줄 끝을 젊은 순경이 꽉 잡은 채 두 사람은 함께 전차를 타고 요코하마로 향했습니다.

하지만 나는 조금도 불안하지 않았습니다. 그 경찰 보호실도 늙은 순경도 그리워지니, 아아, 나는 왜 이러는 걸까요? 죄인으로 묶이니 오히려 마음이 놓이고 차분해져, 그때의 추억을 쓰고 있는 지금도 정말 자유롭고 즐거운 기분을 느낍니다.

하지만 그 시기의 그리운 추억 중에서도 식은땀을 몇 통이나 흘렸던, 평생 잊을 수 없는 비참한 실수가 있습니다. 나는 검사국의 어두컴컴한 방에서, 검사의 간단한 취조를 받았습니다. 검사는 마흔쯤의 차분하고(만약 내가 미모의 남자라면 그것은 이른바 틀림없이 응큼한 미모일 테지만, 그 검사의 얼굴에는 올바른 미모라 하고 싶을 만큼 총명하고 고요한 분위기가 감돌았습니다) 쪼잔한 인품으로는 보이지 않아, 나도 전혀 경계하지 않고 두루뭉술하게 진술하고 있었는데, 갑자기 예의 그 기침이 나와 소맷자락에서 손수건을 꺼냈습니다. 문득 손수건에 묻은 피를 보고, 이 기침도 뭔가 도움이 될지도 모른다는 한심한 속셈으로 두 번 쿨럭쿨럭, 거기다 가짜 기침까지 과장스럽게 가세하여, 손수건으로 입을 가리고 검사의 얼굴을 흘끔 본 바로 그 순간이었습니다.

"진짜야?"

차분한 미소였습니다. 식은땀이 주르륵, 아니, 지금 생각해도 아찔할 지경입니다. 중학교 땐 바보 다케이치한테서 '일부러 그랬지' 하는 말을 듣고 등을 찔려서는 지옥으로 굴러떨어지는 것 같았는데, 그때 그 기분보다 더하다 해도 결코 지나치지 않는 기분이었습니다. 그것과 이것, 둘 다, 내 생에 통틀어 연기 대실패에 대한 기록입니다. 검사에게 그런 차분한 모욕을 당하느니, 차라리 10년 형을 선고받는 게 나았다고, 아직도 가끔씩 그런 생각을 합니다.

나는 기소 유예 처분을 받았습니다. 하지만 전혀 기쁘지 않았고, 그저 세상에서 가장 비참한 심정으로 검사국 대기실 의자에 앉아, 인수인인 넙치가 오기를 기다렸습니다.

등 뒤의 높다란 창문으로 노을 지는 하늘이 보이고 갈매기가 '여女' 자를 그리며 날고 있었습니다.

세 번째 수기

1

다케이치의 예언은 하나는 맞고 하나는 빗나갔습니다. 여자들이 내게 반하게 되리라는 불명예스러운 예언은 적중했지만, 훌륭한 화가가 되리라는 축복의 예언은 빗맞았습니다.

나는 겨우 조악한 잡지의 형편없는 무명 만화가가 되었을 뿐입니다.

가마쿠라 사건으로 고등학교에서 쫓겨난 나는, 넙치네 집 이 층 다다미 석 장짜리 방에서 지냈습니다. 고향에서는 다달이 아주 적은 돈을, 그것도 내게 직접 보내지 않고 넙치에게 몰래 보내는 모양이었는데(더욱이 그 돈은 고향 형들이 아버지 몰래 보내주는 식인 듯했습니다) 단지 그것뿐, 그 뒤로 고향과의 연이 완전히 뚝 끊겨버렸습니다. 넙치는 늘 기분이 상한 얼굴로, 내가 아무리 싱글싱글 웃어 보여도 웃지 않았습니다. 인간이란 어쩜 이리도 간단히, 그야말로 손바닥 뒤집

듯 변할 수 있는지, 비열하게, 아니, 차라리 우스꽝스런 기분이 들 정도로 확 변해서는 "나가면 안 돼. 아무튼 나가지 마" 그 말만 되풀이했습니다.

넙치는 나를 자살할 우려가 있다고 예의주시하는 듯한, 한마디로 내가 여자 뒤를 따라 또다시 바다로 뛰어들 위험이 있다고 생각하는지, 아예 밖에를 못 나가게 했습니다. 하지만 술도 못 마시고 담배도 못 피우고, 그저 아침부터 밤까지 이 층 다다미 석 장짜리 방구석에서 헌 잡지 따위나 들춰보며 등신 같은 생활을 하고 있는 내게는 자살할 기력조차 남아 있지 않았습니다.

넙치의 집은 오쿠보 의학전문학교 근처에 있었는데, 서화 골동상 청룡원이라는 간판 글씨만큼은 나름 그럴싸하게 힘깨나 준 듯했지만, 집 한 채에 두 가구가 들어 사는 집이라, 가게 입구도 비좁고, 내부는 먼지투성이에 온갖 잡동사니만 널려 있었습니다(하기야 넙치는 그 가게 잡동사니만 팔아먹고 사는 게 아니라, 소위 이쪽 나리님의 비장의 물건을 저쪽 나리님에게 소유권을 이전해주는 일로 활약하며 돈을 버는 듯했습니다). 가게에 붙어 있는 일은 잘 없고, 보통은 아침부터 심각한 표정으로 부리나케 나가버리곤 했는데, 그동안에는 열일고여덟 살쯤으로 보이는 어린 남자 점원이 혼자서 가게를 봤습니다. 이 녀석이 나를 감시하는 파수꾼 역할인데, 틈만 나면 밖에 나가 동네 아이들과 공놀이를 하다가도, 이 층 식객을 어디 나사 하나 빠진 놈이나 미치광이쯤으로 여기는지, 어른의 설교 비슷한 짓까지 내게 했습니다. 나는 다른 사람과 말질을 일체 못하는 성향이라, 피곤한 듯한 혹은 감탄한 듯한 얼굴로, 그 말에 귀 기울이며 복종했습니다. 이 점원 아이는 시부타의 숨겨둔 자식으로, 시부타는 뭔가 사정이 있어 이 아이를 소위 친아들이라고 밝히지 않았고, 또한 시부타가 계속 독신으로 지내온 것도 어쩌면 이런 이유에서일지 모른다고, 나도 전에 우리 집 사람들에게서 그와 관련된 소문을 조금 들어본 듯합니다만, 나는 본디 남들 일에는 별 흥미가 없는 쪽인지라, 자세한 내막은 모릅니다. 그러나 그 점원 아이의 눈매에도 묘하게 생선 눈깔을 연상케 하는 구석이 있으니, 어쩌면 정말로 넙치의 숨겨둔 자식… 그렇다면 두 사람은 참으로 안타까운 부자지간입니다. 늦은 밤, 이 층에 있는 나 몰래, 둘이서 메밀국수를 시켜 말없이 먹기도 했습니다.

넙치 집 식사 당번은 늘 그 점원 아이였습니다. 이 층에 있는 성가신 자의 식사만 따로 밥상에 차려 하루에 세 번을 꼬박꼬박 이 층으로 날랐고, 넙치와 점원 아이는 계단 아래 다다미 넉 장 반짜리 음습한 공간에서 왈그륵달그륵 그릇 부딪는 소리를 내며 허겁지겁 밥을 먹었습니다.

삼월 말의 어느 저녁, 넙치는 생각지 못한 돈벌이가 들어왔는지, 혹은 뭔가 다른 꿍꿍이라도 있었는지(그 두 가지 추측이 모두 들어맞았다고 해도, 아마도 다른 몇 가지의, 나로서는 도저히 짐작도 할 수 없는 자잘한 원인이 있었을 테지만) 웬일로 나를 술병까지 곁들인 아래층 식탁으로 불러놓고 넙치가 아닌 참

치회를 대접하며, 대접하는 주인 쪽에서 감탄하고 생색을 내더니, 멍하니 있는 식객에게 술을 조금 권하며 말했습니다.

"어쩔 생각이야? 앞으로 말이야."

나는 이에 아무런 대답도 하지 않고, 식탁 위 접시에서 정어리포를 집어 그 작은 생선들의 은빛 눈알을 바라봤습니다. 그러자 술기운이 알큰하게 돌면서 여기저기 놀러 다녔던 때가 그립고, 호리키도 그립고, '자유'가 너무나 그리워서 그만 울음이 터져 나올 뻔했습니다.

이 집에 오고부터는 광대 짓을 할 의욕조차 사라져서, 그저 넙치와 점원 아이의 멸시 속에 살았습니다. 넙치 쪽도 나와 속 터놓고 길게 이야기하는 건 꺼리는 눈치였고, 나도 그 넙치를 쫓아다니며 무언가를 호소할 생각은 없었기에, 나는 그저 얼빠진 식객 노릇만 할 뿐이었습니다.

"기소 유예는 전과 몇 범이니 하는 그런 딱지가 붙진 않는 모양이더군. 그러니 자네가 어떤 마음을 갖느냐에 따라 갱생이 가능하단 말일세. 만약 자네가 마음을 고쳐먹고 나한테 먼저 진지하게 상담 요청을 한다면, 나도 생각해보겠네."

넙치의 말투에는, 아니, 세상 모든 사람의 말투에는 이처럼 까다롭고 어딘가 두루뭉술하며, 달아날 구멍을 파놓는 듯한, 복잡 미묘한 구석이 있었습니다. 도대체가 무익할 정도로 삼엄한 경계와 헤아릴 수 없을 만큼의 성가신 상술에 나는 늘 당황해서는, 그만 될 대로 되라는 심정으로 광대 짓으로 얼버무리거나, 혹은 무언의 긍정으로 모든 것을 내맡기겠다는 패배자적인 태도를 취하고 말았습니다.

그때도 넙치가 내게 대충 다음과 같이 간단하게 보고만 했더라면, 그것으로 끝날 일이었음을 나는 나중에야 알았습니다. 넙치의 불필요한 조심성, 아니, 세상 사람들의 이해할 수 없는 허영과 허세에 참으로 우울한 기분이 들었습니다.

넙치는 그때 이렇게만 말하면 될 일이었습니다.

"공립이든 사립이든 사월부터는 학교에 들어가게. 자네 생활비는 학교에 들어가면 고향에서 좀 더 넉넉히 보내주기로 했으니."

한참의 시간이 흐르고서야 알게 되었지만, 사실은 그렇게 하기로 되어 있었던 겁니다. 그랬다면 나도 그 말을 따랐겠지요. 하지만 넙치의 그 쓸데없는 조심성으로 괜히 돌려 말하는 탓에, 일이 묘하게 꼬여서는 내 삶의 방향도 완전히 틀어지고 말았습니다.

"내게 솔직하게 상담할 마음이 없다면 어쩔 수 없지만."

"어떤 상담이요?"

나는 도무지 아무런 갈피도 잡을 수 없었습니다.

"그건 자네 가슴속에 있는 거겠지?"

"예를 들면?"

"'예를 들면'이라니! 자네 앞으로 어쩔 생각이냐고."

"일하는 게 좋을까요?"

"아니, 대체 자네 의견이 뭐냐는 거야."

"하지만 학교에 들어가려면…."

"그야 돈이 필요하겠지. 한데 문제는 돈이 아니야. 자네의 마음가짐이지."

돈은 고향에서 보내주기로 되어 있다고 왜 한마디도 하지 않았을까요. 그 한마디면 내 마음도 정해졌을 텐데. 난 그저 오리무중이었습니다.

"어떤가? 장래 희망 같은 게 있나? 사람 하나 돌봐준다는 게 이게 보통 힘든 게 아니네만, 물론 신세 지는 쪽은 알 리가 없겠지."

"죄송합니다."

"진짜 걱정스러워서 그래. 나도 일단 자네를 돌봐주기로 한 이상, 자네가 어중간한 마음으로 사는 걸 원치 않아. 씩씩하게 다시 시작하겠다는 각오를 보여줘야 할 게 아닌가. 예를 들어 자네의 앞으로의 계획 같은 걸, 자네 쪽에서 먼저 내게 진지하게 상담을 요청해온다면, 나도 그 상담에 응할 생각이야. 우리 집은 가난해서, 전과 같은 호화 생활은 기대하지 않는 게 좋아. 하지만 자네가 마음을 단단히 먹고, 장래 계획도 확실히 세우고, 내게 상담을 요청한다면, 미약하게나마 자네가 새 출발을 할 수 있도록 힘을 보낼 생각이야. 알겠나? 내 마음을? 대체 자넨 앞으로 어쩔 생각인가?"

"여기 이 층에 더 이상 살 수 없다면, 일을 해서…."

"진심으로 하는 소리야? 요즘 같은 세상엔 제국 대학을 나온다 해도…."

"아니요, 회사원이 되려는 게 아닙니다."

"그럼 뭔가?"

"화가요."

큰맘 먹고 그렇게 말했습니다.

"뭐라고?"

나는 그때 목을 움츠리며 웃던, 넙치 얼굴에 드리운 몹시도 교활한 그림자를 잊을 수가 없습니다. 경멸의 그림자 같기도 한, 아니 그것과는 다른, 세상을 바다에 비유한다면 그 바다의 천 길 깊은 곳에 그런 기묘한 그림자가 떠다닐 것 같은, 어쩐지 어른들의 생활 밑바닥을 설핏 내비치는 듯한 웃음이었습니다.

'그런 걸 말이라고 하고 있느냐, 정신을 하나도 못 차렸구나, 생각해라, 오늘 밤 내내 진지하게 생각해봐라' 같은 말을 듣고 나는 쫓기듯 이 층으로 올라와 누웠지만, 딱히 떠오르는 생각은 없었습니다. 그리고 새벽 무렵, 넙치의 집에서 도망쳤습니다.

'저녁까진 꼭 돌아오겠습니다. 여기 적어둔 친구 집에서 앞으로의 계획에 대해 상담하고 올 터이니 걱정 마십시오. 정말입니다.'

편지지에 연필로 큼직하게 쓰고 아사쿠사에 사는 호리키 마사오의 주소와 이름을 적은 다음 슬그머니 넙치의 집을 빠져나왔습니다.

넙치에게 설교를 들은 것이 분해서 도망친 게 아닙니다. 확실히 나는 넙치의 말대로 정신을 못 차린 놈입니다. 앞으로의 계획이고 뭐고 나조차 앞날이 깜깜한데, 더 이상 넙치 집에서 신세 지는 것도 넙치에게 딱한 일입니다. 행여 내게 의욕이라는 게 생겨 뜻을 세운다 한들, 그 갱생 자금을 저 가난한 넙치에게 매달 받아야 한다는 생각을 하면 너무나 괴로워 견딜 수가 없었습니다.

하지만 나는 이른바 '앞으로의 계획'을 호리키 같은 녀석에게 의논할 생각으로 넙치네 집에서 나온 건 아니었습니다. 그건 그저 아주 조금 잠시나마 넙치를 안심시키려고(그 틈에, 조금이라도 멀리 도망치기 위한, 탐정소설에나 나올 법한 책략에서 그런 편지를 썼다기보다는, 아니, 그런 마음도 없지 않아 있었지만, 그보다는 넙치에게 갑작스럽게 충격을 주고, 그를 혼란스럽고 당황에 빠뜨리는 것이 무서웠기 때문이라고 말하는 편이 좀 더 정확할 것 같습니다. 어차피 들킬 게 뻔한데도 사실대로 말하기가 두려워서 무슨 말이건 꼭 꾸며내 덧붙이는 것은 나의 슬픈 습성 중 하나입니다. 그건 세상 사람들이 '거짓말쟁이'라고 부르며 깔보는 성격과 비슷하긴 하나, 나는 내 이익을 위해 꾸며낸 적은 거의 없습니다. 그저 분위기가 깨져 주변 공기가 한순간에 달라지는 것이 숨 막힐 듯 두려워서, 훗날 내게 불이익이 될 줄 알면서도, 예의 내 '필사적인 봉사'를, 그것이 비록 삐뚤어지고 미약하고 바보 같은 짓이라 해도 봉사하고자 하는 마음에서 그만 한마디 덧붙이는 일이 많았던 것 같습니다. 하지만 이 습성 또한 역시 세상의 소위 '정직한 사람'들에게 호되게 당하는 약점이 되었습니다) 그때, 문득 기억의 밑바닥에서 떠오른 호리키의 주소와 이름을 편지지 끝에 적어둔 것

뿐입니다.

 넙치네 집을 나와 신주쿠까지 걸어가서 수중의 책을 팔고 나니, 역시 이제 뭘 어찌해야 할지 몰랐습니다. 나는 모든 사람에게 다정했지만, 한 번도 '우정'이라는 것을 실감해본 적이 없습니다. 호리키처럼 놀 때만 만나는 친구는 제쳐두고, 다른 일체의 만남은 그저 고통일 뿐이어서, 그 고통을 달랜다고 죽기 살기로 광대 짓을 하는 바람에, 오히려 녹초가 되곤 했습니다. 몇 안 되는 지인의 얼굴을, 심지어 그 닮은 얼굴조차 길에서 마주치기라도 하면, 흠칫 놀라며 현기증이 날 정도로 불쾌한 전율에 사로잡힙니다. 남들이 나를 좋아하는 마음은 알고 있어도, 남들을 사랑하는 능력은 내게 결여되어 있었습니다(세상 사람들이 정말로 '사랑'하는 능력을 갖고 있는지도 상당히 의문스럽습니다). 그런 내게 이른바 '친한 친구'라는 게 생길 리 만무하고, 더욱이 내게는 남의 집을 '방문'하는 능력조차 없었습니다. 남의 집 대문은 내게 《신곡》의 지옥문보다 더 섬뜩했고, 그 문 너머에는 무시무시한 용 같은 비릿한 괴수가 꿈틀거리고 있는 기척을, 과장이 아니라 실지로 느꼈습니다.

 누구와도 교류가 없다. 어디에도 갈 데가 없다.

 호리키.

 그야말로 말이 씨가 된 격이었습니다. 그 편지에 써놓고 온 대로 나는 아사쿠사의 호리키를 찾아가기로 한 것입니다. 나는 지금껏 호리키의 집을 한 번도 찾아간 적이 없었고, 대부분 전보를 쳐 호리키를 불러들이곤 했었는데, 이제는 그 전보비조차 부담이 되었습니다. 게다가 이런 비참하게 꼬인 신세로 전보를 치면 호리키가 안 올 게 뻔해서, 그 무엇보다 젬병인 남의 집 '방문'을 결심하고, 깊은 한숨을 내쉬며 전철에 몸을 실었습니다. '내가 이 세상에서 유일하게 의지할 사람이 저 호리키 놈이란 말인가' 하고 생각하니 어쩐지 등줄기가 서늘해지면서 오싹한 기운이 몰려왔습니다.

호리키는 집에 있었습니다. 지저분한 골목 안쪽에 자리한 이 층 집, 호리키는 이 층에 있는 달랑 하나뿐인 다다미 여섯 장짜리 방을 썼는데, 아래층에서는 호리키의 늙은 부모와 젊은 직공 셋이서 끈을 꿰매고 두들겨가며 나막신을 만들고 있었습니다.

호리키는 그날, 도시인으로서의 새로운 면모를 내게 보여 주었습니다. 그것은 속된 말로 약아빠진 기질이었습니다. 시골 촌놈인 내가 아연실색하여 눈이 휘둥그레질 만큼, 차갑고 교활한 에고이즘이었습니다. 호리키는 나처럼 하염없이 흘러 다니는 사내가 아니었던 것입니다.

"너 진짜 골 때린다. 아버지가 용서하신 거냐? 아님 아직이냐?"

도망쳐왔다고는 말할 수 없었습니다.

나는 언제나 그랬듯 얼버무렸습니다. 곧 호리키에게 들킬 게 뻔한데도 거짓말을 했습니다.

"그건 어떻게든 될 거야."

"이봐, 웃을 일이 아니야. 충고 하나 하겠는데, 얼간이 짓도 이쯤에서 그만둬. 오늘 난 볼일이 좀 있어. 요즘 정신없이 바쁘다."

"볼일? 무슨 일인데?"

"야야, 방석 실 뜯지 마."

나는 이야기를 하면서, 깔고 앉은 방석의 매듭실인지 묶은 끈인지, 술처럼 달린 네 귀퉁이의 실 한 가닥을 손끝으로 만지작거리다가 무의식중에 쭉 잡아당겼던 것입니다.

호리키는 자기 집 물건이라면 방석의 실 한 올도 아까운지, 부끄러운 기색도 없이 눈에 쌍심지를 켜고 나를 나무랐습니다. 생각해보면, 호리키는 나와 만나면서 지금껏 무엇 하나 잃지 않았습니다.

호리키의 노모가 단팥죽 두 그릇을 쟁반에 얹어 내왔습니다.

"아, 이건…"

호리키는 지극한 효자인 양, 노모에게 죄송스러워하며 말씨도 부자연스러울 만큼 공손해졌습니다.

"죄송해요 어머니. 단팥죽이에요? 뭘 이런 걸 내오셨어요. 신경 안 쓰셔도 돼요. 볼일이 있어서 바로 나가봐야 해요. 그래도 모처럼 어머니가 잘하시는 단팥죽을, 이거… 아까워서. 아무튼 잘 먹겠습니다. 너도 한 그릇 해. 어머니가 일부러 만들어주셨어. 아아, 이런, 너무 맛있는데? 기가 막힌다."

호리키는 아주 연극은 아닌 듯, 몹시 기뻐하며 맛있게 먹었습니다. 나도 그걸 호로록 맛봤는데 국물에선 물비린내가 올라왔고, 새알심을 먹어보니 그건 새알심이 아니라 나로선 도저히 뭔지 모를 것이었습니다. 결코 그 가난을 경멸한 게 아닙니다(나는 그때 단팥죽을 맛없다고 생각지 않았고, 또한 노모의 정성에도 깊이 감동했습니다. 내게는 가난에 대한 두려움은 있지만, 경멸은 없습니다). 그 단팥죽과 그 단팥죽에 기뻐하는 호리키를 통해, 나는 도시인의 알뜰한 근성, 또한 안과 밖을 확실히 구분해 살아가는 도쿄 사람 가정의 실체를 보았습니다. 안과 밖이 똑같고 그저 가없이 인간 생활에서 도망치기 바쁜 바보천치 같은 나만 완전히 혼자 덩그러니, 호리키에게조차 버림받은 것 같은 기분에, 칠이 벗겨진 젓가락으로 단팥죽을 휘적거리며 견딜 수 없는 쓸쓸함을 느꼈다는 것만 기록해두고 싶을 뿐입니다.

"미안한데 난 오늘 볼일이 좀 있어."

호리키는 일어나 겉옷을 걸치며 말했습니다.

"먼저 일어설게, 미안."

그때 호리키에게 한 여자가 찾아왔고, 내 처지도 크게 바뀌게 되었습니다.

호리키는 갑자기 활기를 띠며 말했습니다.

"아, 죄송해요. 그게 말이죠, 지금 막 당신한테 가려던 참이었는데, 이 친구가 별안간 찾아오는 바람에, 아니 상관없어요. 들어와요."

호리키는 어지간히 당황했는지, 내 방석을 빼서 뒤집어서 내민 걸, 낚아채서는 다시 뒤집어 여자에게 권했습니다. 방에는 호리키의 방석 말고는 손님용 방석이 딱 하나밖에 없었던 것입니다.

여자는 마르고 키가 컸습니다. 그 방석은 옆에 밀어놓고 입구 쪽 구석에 앉았습니다.

"좀 급해서요."

"다 됐어요. 벌써 끝냈죠. 여기요, 여기."

그때 전보가 왔습니다.

호리키는 그걸 읽더니, 들떴던 얼굴이 단박에 험악해졌습니다.

"야! 너 이게 뭐냐?"

넙치에게서 온 전보였습니다.

"아무튼 당장 돌아가. 데려다주고 싶어도 지금 그럴 시간 따위 없어. 가출한 주제에 그 태평스러운 얼굴 꼬락서니하고는."

"댁이 어디신데요?"

"오쿠보입니다."

불쑥 대답해버렸습니다.

"회사 근처네요."

고슈 출신으로 스물여덟이 된 여자였습니다. 다섯 살 난 딸아이와 고엔지에 있는 아파트에 살고 있었습니다. 남편과 사별한 지 삼 년 됐다고 했습니다.

"당신, 꽤 힘들게 자란 사람 같아. 눈치가 참 빠르네. 안됐어."

처음으로 여자에게 빌붙어 사는 생활을 했습니다. 시즈코

(그 여자의 이름이었습니다)가 신주쿠에 있는 잡지사에 출근하면, 나는 시게코라는 다섯 살 난 여자아이와 둘이서 얌전히 집을 봤습니다. 그전까진 엄마가 없을 때면 시게코는 아파트 관리인의 방에서 놀았던 것 같은데, '눈치 빠른' 아저씨가 놀이 상대로 나타나서 아주 신이 난 모양이었습니다.

일주일쯤 멍하니 나는 거기에 있었습니다. 아파트 창문 바로 근처 전깃줄에 사람이 팔을 벌리고 있는 형상의 연 하나가 걸려 있습니다. 봄날의 먼지 바람에 휘날리고 갈가리 찢기면서도, 끈덕지게 매달려 떨어지지 않고, 왠지 고개를 끄덕거리고 있는 것만 같았습니다. 나는 그걸 볼 때마다 쓴웃음이 났고, 얼굴이 빨개지며, 꿈속에서까지 그 연을 보는 악몽을 꾸었습니다.

"돈 좀 있었으면 좋겠다."

"…얼마나?"

"많이. …돈 떨어지면 정도 떨어진다는 말, 그거 진짜거든."

"바보 같다. 뭐야 그게, 고리타분하게…."

"그래? 근데 당신은 몰라. 이대로라면 나 도망쳐버릴 것 같아."

"대체 누가 가난한데? 그리고 누가 도망을 쳐? 이해가 안 되네."

"내가 벌어서 그 돈으로 술, 아니, 담배를 사고 싶어. 그림도 호리키 같은 놈보다 훨씬 잘 그릴 수 있는데."

이런 때, 내 머릿속에 스르르 떠오르는 건, 중학교 시절에 그린, 다케이치가 '도깨비'라고 했던 몇 장의 자화상이었습니다. 잃어버린 걸작. 번번이 이사를 하는 통에 잃어버렸지만, 그것만큼은 정말 훌륭한 그림이었다고 생각합니다. 그 후, 이 것저것 그려봐도 그 추억 속의 명작에는 한참 못 미쳐, 나는 늘 가슴이 텅 빈 듯한 나른한 상실감에 시달려왔습니다.

마시다 만 한 잔의 압생트(고흐의 술, 미치광이의 술로도 불린다. 향쑥을 원료로 한 초록빛을 띠는 독주로 중독성이 매우 강하다. 일각에서는 이 술이 고흐의 자살에 영향을 미쳤다고 주장하기도 한다-옮긴이).

나는 그 영원히 보상받기 어려운 상실감을 이렇게 혼자 형용했습니다. 그림 이야기가 나오니, 내 눈앞에 마시다 만 한 잔의 압생트가 아른거리며 '아아, 그 그림을 이 사람에게 보여주고 싶다. 그리고 그림에 대한 내 재능을 믿게 하고 싶다'는 초조함에 괴로웠습니다.

"후후, 그런가? 넌 진지한 얼굴로 농담하는 게 귀여워."

'농담이 아니야. 진심이라고. 아아, 그 그림을 보여주고 싶다'라고 빙빙 헛돌기만 하는 번민 속에서, 돌연 마음을 돌려 체념하고는 "만화 말이야. 적어도 만화라면 호리키보단 나을걸" 하고 얼버무리는 광대의 말을 오히려 진짜로 믿어주었습니다.

"그래, 나도 실은 놀랐잖아. 시게코에게 늘 그려주는 만화. 나까지 웃음이 나더라니까. 한번 해보는 게 어때? 우리 회사 편집장한테 부탁해둘게."

그 회사에서는 어린이를 대상으로 한 이름 없는 월간 잡지를 발행하고 있었습니다.

"…당신을 보면 대부분의 여자들은 뭔가를 해주고 싶어 안달이 나. …언제나 쭈뼛쭈뼛, 그러면서도 아주 재밌고. …가끔 혼자 우울해할 때도 있지만, 그 모습이 훨씬 더 여자를 미치게 해."

그밖에도 시즈코는 이런저런 말로 나를 치켜세웠지만, 그것이 곧 여자에게 빌붙어 사는 추잡한 남자의 특성이라는 생각이 들면, 그야말로 점점 더 '우울'해질 뿐, 전혀 기운이 나지 않았습니다. 여자보다는 돈, 어쨌든 시즈코에게서 벗어나 홀로 서고 싶다고 남몰래 다짐하고 궁리했지만, 오히려 점점 시즈코에게 의지해야 하는 신세가 되었습니다. 가출 뒷수습이니 뭐니 거의 전부를 이 씩씩한 고슈 여인의 보살핌을 받아야 하는 지경이 되어, 나는 시즈코에게 더더욱 소위 '쭈뼛쭈뼛' 해야 하는 결과만 초래했습니다.

시즈코의 주선으로 넙치와 호리키, 그리고 시즈코 세 사람의 회담이 성사되었습니다. 나는 고향에서 완전히 절연을 당했고, 시즈코와는 '대놓고' 동거를 하게 됐으며, 뿐만 아니라 시즈코의 분주한 노력 덕분에 내 만화도 의외로 돈이 되면서, 그 돈으로 술도 담배도 샀지만, 나의 불안과 우울은 점차 깊어져만 갔습니다. 그야말로 한없이 '우울'하고 '우울'해서, 시즈코네 잡지에 다달이 연재하는 만화 〈긴타와 오타의 모험〉을 그리다 보면, 불현듯 고향 집이 떠올라, 너무나 쓸쓸해진 마음에 펜조차 움직일 수 없게 되어서는, 고개를 떨구고 눈물을 흘린 적도 있습니다.

그럴 때 나의 작은 구원은 시게코였습니다. 시게코는 그즈음 나를 아무 거리낌 없이 '아빠'라고 불렀습니다.

"아빠, 기도하면 하느님이 다 들어주신대, 정말이야?"

나야말로 그 기도를 하고 싶다고 생각했습니다.

'아아, 제게 차가운 의지를 주시옵소서. 제게 '인간'의 본질을 가르쳐주시옵소서. 인간이 인간을 밀쳐내도 죄가 되지 않을까요. 제게 분노의 가면을 베푸소서.'

"응, 정말이야. 시게코한테는 뭐든 다 주시겠지만, 아빠한테는 안 주실지도 몰라."

나는 신에게조차 두려움을 품고 있었습니다. 신의 사랑은 믿을 수 없고, 신의 형벌만 믿었습니다. 신앙. 그것은 단지 신의 채찍을 받기 위해 고개를 숙이고, 심판대로 향하는 일인 것 같았습니다. 지옥은 믿을 수 있어도, 천국의 존재는 도저히 믿을 수 없었던 것입니다.

"왜 아빠 안 줘?"

"부모님 말씀을 안 들었으니까."

"그래? 다들 아빠는 진짜 진짜 착한 사람이라고 했는데."

'그건 내가 속이고 있기 때문이지. 이 아파트 사람들 모두가 내게 호감을 품고 있다는 걸 나도 알고 있어.' 하지만 내가 그들을 얼마나 두려워하는지, 두려워하면 할수록 그들은 내게 더 호감을 품고, 내 쪽에선 그런 호감을 받으면 받을수록

더욱 두려워져 사람들에게서 멀리 달아나야만 하는, 이 불행하고 병적인 습성을 시게코에게 설명해주기란 너무나 어려운 일이었습니다.

"시게코는 하느님이 뭘 주셨으면 좋겠어?"

나는 아무렇지 않은 척 말을 돌렸습니다.

"시게코는 말야, 시게코한테 진짜 아빠가 있었으면 좋겠어."

가슴이 철렁하고 눈앞이 아찔해졌습니다. '적. 내가 시게코의 적인가. 시게코가 나의 적인가. 아무튼 여기에도 날 위태롭게 하는 무시무시한 어른이 있었구나.' 타인, 불가해한 타인, 비밀투성이인 타인, 시게코의 얼굴이 갑자기 그렇게 보이기 시작했습니다.

시게코만은, 하고 생각했는데 역시 이 아이도 '불시에 등에를 쳐 죽이는 소의 꼬리'를 가지고 있었던 겁니다. 나는 그 후로 시게코에게조차 두려워 벌벌 떨게 되었습니다.

"색마! 집에 있냐?"

호리키가 다시 나를 찾아오기로 되어 있었습니다. 가출하던 날, 그토록 나를 쓸쓸하게 했던 녀석이었는데, 또 나는 거부하지 못하고, 엷게 웃어 보이며 맞아주었습니다.

"네 만화, 꽤 인기 있다면서? 아마추어는 뵈는 게 없단 말이지. 그 똥배짱을 어떻게 당하겠냐. 근데 방심하지 마라. 넌 데생이 형편없어."

마치 스승이라도 되는 양 굴었습니다. '내 그 '도깨비' 그림을 이 녀석한테 보여주면 어떤 표정을 지을까.' 나는 예의 그

빙빙 헛도는 번민에 몸서리를 치며 말했습니다.

"그걸 또 말하냐. 소리 지르겠다."

호리키는 점점 더 득의양양해져서는 말했습니다.

"처세에 능한 것만으로는, 언젠가 허점이 들통나게 마련이지."

처세에 능하다. …쓰디쓴 웃음만 흘러나왔습니다. 내가 처세에 능하다! 하지만 나처럼 인간을 두려워하고 도망치고 속이는 사람은, '잠자는 사자의 코털을 건드리지 말라'와 같은 영리하고 교활한 처세술을 신봉하고 있는 자들과 결국 다를 게 없는 건가, 아아, 인간이란 서로가 서로를 전혀 모르고 완전히 잘못 보고 있으면서도 둘도 없는 친구로 지내며, 평생 그것을 깨닫지 못하고 살다가, 상대가 죽으면 울면서 애도사 따위를 읊어대는 건 아닐는지요.

어찌 됐든 호리키는(시즈코의 부탁에 마지못해 응한 게 틀림없지만) 내 가출 뒷수습을 함께해준 사람이라, 마치 나를 갱생의 길로 이끈 대은인이나 월하빙인 행세를 하며, 그럴싸한 얼굴로 내게 잔소리를 퍼부으며, 야밤에 술에 취해 찾아와 자고 가거나, 오 엔(항상 오 엔이었습니다)을 꿔갔습니다.

"그런데 너 말이야, 계집질도 이제 그만할 때 되지 않았나? 더는 세상이 널 용서하지 않을 텐데."

세상이란 도대체 무엇을 말하는 걸까요. 인간의 복수형일까요. 어디에 그 세상이라는 것의 실체가 있는 걸까요. 하지만 나는 어쨌든 세상을 강하고 혹독하고 무서운 존재라고만 생각하며 지금까지 살아왔는데, 호리키에게 그런 소리를 들으니 문득 "그 세상이라는 건 바로 너 아니야?"라는 말이 혀끝까지 차올랐지만, 호리키를 화나게 하고 싶지 않아 속으로 꾹 삼켰습니다.

'세상이 용서하지 않을 거다.'
'세상이 아니야. 네가 용서하지 않는다는 거겠지.'
'그런 짓을 하면 세상이 가만두지 않을 거다.'
'세상이 아니야. 너잖아.'
'당장 세상에서 매장당할 거야.'
'세상이 아니야. 네가 날 매장시키는 거겠지.'
'넌 너의 그 끔찍함, 기괴함, 악랄함, 뻔뻔함, 요망함을 알아라!' 따위의 오만가지 말이 가슴속을 오갔지만, 나는 그저 얼굴의 땀이나 손수건으로 훔치며 "휴, 땀나잖아, 아, 땀나" 하며 웃었을 뿐입니다.

하지만 그날 이후 나는 '세상이란, 개인이 아닐까'라는 사상 비슷한 것을 갖게 되었습니다.

그리고 세상 사람들이란 개인이 아닐까, 그런 생각을 하기 시작하면서 전보다는 다소 내 의지대로 움직일 수 있게 되었습니다. 시즈코의 말을 빌리자면, 나는 조금 제멋대로 굴었고 쭈뼛쭈뼛하지 않았습니다. 또 호리키의 말을 빌리자면, 묘하게 좀스러워졌습니다. 또 시게코의 말을 빌리자면, 더이상 시게코를 귀여워하지 않게 되었습니다.

말도 없고 웃지도 않고 매일매일 시게코를 돌보며, 〈긴타와 오타의 모험〉이니, 또 누가 봐도 〈천하태평 아빠〉의 아류작인 〈천하태평 스님〉이니, 〈안달복달 핀짱〉이라는 나조차 무슨 말인지 모르겠는 엉터리 제목의 연재만화 같은 걸 각 출판사의 주문(간간이 시즈코의 회사 말고도 일거리가 들어오게 되었지만, 죄다 시즈코의 회사보다도 훨씬 저속한, 말하자면 삼류 출판사에서 들어온 의뢰뿐이었습니다)을 받고, 정말, 참으로, 음울한 마음으로 느릿느릿(내 펜 놀림은 매우 느린 편이었습니다) 지금은 그저 술값이나 벌 요량으로 그렸습니다. 그러다 시즈코가 회사에서 돌아오면 교대하여 밖으로 휙 나가서는 고엔지 역 근처 노점이나 스탠드바에서 싸구려 독한 술을 마시고 조금 기분이 풀려 아파트로 돌아오곤 했습니다.

"보면 볼수록 이상한 얼굴이란 말이지. 〈천하태평 스님〉 얼굴도 솔직히 당신 자는 얼굴에서 힌트를 얻었잖아."

"자기 잠자는 얼굴도 폭삭 늙었어. 사십은 돼 보여."

"다 당신 때문이잖아. 아주 쪽쪽 빨아 먹혀서는. 흐르는 무울과~ 인생으은~, 왜 그리 슬퍼 보이나아~, 강가의 버어드나무야~"

"그만 떠드시고 어서 주무셔야죠. 아님 밥 먹을래?"

그저 차분하게, 절대 상대해주지 않습니다.

"술이라면 먹지. 흐르는 무울과~ 인생으은~, 흐르는 인새앵과~ 아니, 흐르는 무울과~ 물의 앞날으은~"

노래를 부르다가 시즈코가 옷을 벗기면, 시즈코 가슴에다 이마를 묻고 잠드는 게 내 일상이었습니다.

그리고 다음날도 똑같은 일을 반복하며
어제와 다름없는 관례를 따르기만 하면 된다.
거칠고 큰 환락을 피하기만 하면
자연스레 큰 슬픔도 찾아오지 않으리.
가는 길 막는 성가신 돌을
두꺼비는 돌아서 간다.

우에다 빈이 번역한 기 샤를 크로라는 시인의 이 시를 발견했을 때, 나는 혼자서 얼굴을 붉혔습니다.

두꺼비.

'그게 나다. 세상 사람들이 용서하고 말 것도 없다. 매장하고 말 것도 없다. 나는 개보다도 고양이보다도 열등한 동물이다. 두꺼비. 어기적어기적 움직이고 있을 뿐이다.'

내 음주량은 점점 늘어갔습니다. 고엔지 역 근처뿐만 아니라, 신주쿠, 긴자 쪽까지 나가서 마셨고, 외박을 하기도 했습니다. 그저 '관례'에 따르지 않으려고, 바에서 양아치 행각을 벌이기도 하고 닥치는 대로 키스를 하기도 하며, 결국 그 동반 자살 이전의, 아니 그때보다 더 거칠고 천박하게 술을 마셔대는 통에, 돈이 궁해 시즈코의 옷가지를 들고 나오는 지경에까지 이르렀습니다.

이곳에 와서, 그 찢어진 연을 보며 쓴웃음을 지은 지도 한 해가 훌쩍 넘었습니다. 벚나무에 새잎이 돋을 무렵, 나는 또 시즈코의 허리띠나 속옷 따위를 몰래 들고 나와 전당포에 가서 돈을 마련해 긴자에서 술을 마시고, 이틀 내리 외박을 했습니다. 사흘째 되던 날 밤, 아무래도 몸이 좋지 않아, 무의식적으로 발소리를 죽이고 시즈코 방 앞까지 갔는데, 안에서 시즈코와 시게코의 대화 소리가 들렸습니다.

"왜 술을 마셔?"

"아빠는 술을 좋아해서 마시는 게 아니란다. 너무 착한 사람이라, 그래서…."

"착한 사람은 술을 마시는 거야?"

"그런 건 아니고…."

"아빠가 깜짝 놀라겠지?"

"싫어할지도 몰라. 봐봐, 상자에서 튀어나왔어."

"〈안달복달 핀짱〉 같아."

"그러게."

진심으로 행복하다는 듯한, 시즈코의 나지막한 웃음소리가 흘러나왔습니다.

문을 살짝 열고 안을 들여다보니, 하얀 아기 토끼가 있었습니다. 모녀는 깡충깡충 방 안을 뛰어다니는 토끼를 쫓고 있었습니다.

'행복하구나, 이 두 사람은. 나라는 바보가 이 둘 사이에 끼어들면 앞으로 이들을 엉망으로 만들고 말 거야. 소박한 행복. 착한 모녀. 아아, 만일 신께서 나 같은 놈의 기도라도 들어준다면 딱 한 번만, 일평생 딱 한 번만이라도 좋으니, 두 사람의 행복을 기도하고 싶다.'

나는 그 자리에 당장 꿇어앉아 두 손이라도 모으고 싶은 심정이었습니다. 살며시 문을 닫고 다시 긴자로 가, 그 뒤로 시즈코의 아파트로 돌아가지 않았습니다.

그리고 교바시 근처 스탠드바 이 층에서, 나는 다시 여자에게 빌붙어 사는 놈으로 눌러앉게 되었습니다.

세상. 어쩌면 나도 그것을 어렴풋이 알게 된 것 같았습니다. '개인과 개인의 싸움에서, 그것도 그 자리의 싸움에서, 그것도 그 자리에서 이기면 끝인 것이다. 인간은 결코 인간에게 복종하지 않는다. 노예조차 노예다운 비굴한 복수를 하는 법이다. 그러니 인간에게는 그 자리의 한판 승부에 매달리는 것 말고는, 달리 살아남을 도리가 없다. 대의명분 따위를 부르짖으면서도, 노력의 목표는 언제나 개인, 개인을 넘어 또 개인, 세상의 난해함은 개인의 난해함, 대양은 세상이 아니라 개인이다'라고 생각하며 세상이라는 너른 바다의 환영을 겁내는 것에서 얼마간 해방되어, 이전처럼 온갖 것을 한없이 배려하는 일 없이, 말하자면 그때그때 필요에 따라서, 어느 정도 뻔뻔하게 행동하는 법을 배우게 되었습니다.

고엔지 아파트를 버리고, 교바시 스탠드바 마담에게 "헤어지고 왔어" 하는 것만으로도 이미 충분, 한마디로 한판 승부는 판가름이 났고, 나는 그날 밤부터 그곳 이 층에서 지내게 되었습니다. 하지만 겁내야 할 '세상'은 내게 아무런 해도 가하지 않았고, 나 또한 '세상'에 아무런 변명도 하지 않았습니다. 마담만 괜찮다면 그걸로 다 괜찮았던 겁니다.

나는 그 가게의 손님인지, 남편인지, 심부름꾼인지, 친척인지, 다른 사람 눈엔 도통 정체를 알 수 없는 존재였을 텐데, '세상'은 조금도 미심쩍어하지 않았고, 그 가게 단골손님들도 나를 다정하게 요짱, 요짱 하며 술을 사주었습니다.

　나는 점차 세상을 경계하지 않게 되었습니다. 세상이란 그렇게 두려운 곳만은 아닐지도 모른다는 생각이 들었습니다. 말하자면 지금껏 내가 느낀 공포감은, 봄바람 속에는 백일해를 유발하는 세균이 수십만, 목욕탕에는 눈을 멀게 하는 세균이 수십만, 이발소에는 탈모를 일으키는 세균이 수십만, 전철 손잡이에는 옴벌레가 득실득실, 또한 생선회나 설익은 소와 돼지고기에는 촌충 알이니 디스토마니 하는 알이 반드시 숨어 있고, 또한 맨발로 걸으면 발바닥으로 작은 유리 파편이 들어가 몸속을 떠돌다 눈알을 찔러 실명하는 일도 있다, 같은 이른바 '과학의 미신'에 겁먹었던 거나 마찬가지였습니다. 수십만에 이르는 세균이 떠돌아다니며 꿈틀거리고 있다는 건 '과학적'으로 분명 사실일 테지만, 동시에 그 존재를 완전히 묵살하기만 하면, 그것은 나와는 전혀 무관한 것이 되어, 순식간에 사라져버리는 '과학 유령'에 불과하다는 사실도 나는 깨닫게 되었습니다. 도시락에 먹다 남긴 밥알 세 톨, 천만 명이 하루에 세 톨씩만 먹다 남겨도 쌀 몇 가마니를 헛되이 버리게 된다, 혹은 천만 명이 하루에 휴지를 한 장씩만 절약해도 많은 양의 펄프를 벌 수 있다, 라는 '과학적 통계'에 나는 어찌나 겁을 먹었던지, 밥알 한 톨 남길 때마다,

또 코를 풀 때마다, 산더미 같은 쌀, 산더미 같은 펄프를 낭비하고 있다는 착각에 괴로워하며, 내가 지금 죽을죄를 저지르고 있는 듯한 어두운 기분에 빠져들었습니다. 하지만 그거야말로 '과학의 거짓말', '통계의 거짓말', '수학의 거짓말'입니다. 밥알 세 톨은 한데 모을 수도 없거니와, 이건 곱셈 나눗셈 응용문제로 삼기에도 참으로 원시적이고 저능한 테마입니다. 불 꺼진 컴컴한 변소 똥통에 인간은 몇 번에 한 번꼴로 한쪽 발을 헛디뎌 떨어지는가, 또는 전철 출입문과 플랫폼 틈새로 승객은 몇 명 중의 몇 명이 발이 빠지는가, 그런 확률 계산과 진배없는 아둔한 짓입니다. 일어날 법한 일이긴 하나, 똥통에 빠져 다쳤다는 사례는 듣도 보도 못했을 뿐더러, 그런 가설을 '과학적 사실'이랍시고 열심히 공부하고, 또 그걸 진짜라 믿고 벌벌 떨던 어제까지의 나 자신이 너무나 가여워 실소가 나올 만큼, 나는 세상이라는 것의 실체를 조금씩 알아갔던 것입니다.

그렇다고 해도 역시 인간이란, 여전히 내겐 두려운 존재여서, 가게 손님을 대하는 것도 술을 쭉 한잔 들이켜야만 가능했습니다. 무서운 것은 더 보고 싶은 법. 나는 매일 밤, 꿋꿋이 가게에 나가, 조그만 동물을 속으로는 너무 무서운데 오히려 꽉 움켜쥐는 아이처럼, 가게 손님들을 향해 한껏 술에 취해서는 꼴같잖은 예술론까지 떠벌렸습니다.

'만화가. 아아, 그러나 나는 큰 환락도, 큰 슬픔도 없는 무명의 만화가. 어떤 큰 슬픔이 들이닥친대도 좋다. 거칠고 자극적인 환락을 원한다.' 내심 조바심을 내면서도 내 현재의 기쁨은 손님들과 시시덕거리며 그들의 술이나 얻어 마시는 것뿐이었습니다.

 교바시에 와서 이런 하찮은 생활을 이어온 지도 벌써 일 년, 내 만화는 어린이를 대상으로 한 잡지뿐만 아니라, 역에서 판매되는 조악하고 외설스런 잡지 등에도 실리게 되었습니다. 나는 조시 이키타(동반 자살을 했다가 살아남았다)라는 우스꽝스러운 예명으로 더러운 알몸 따위나 그려대며 거기다가 주로 우마르 하이얌의 시집《루바이야트》(페르시아의 시인 오마르 하이얌이 지은 사행시집四行詩集이다. 페르시아식 술타령이라고 해도 좋을 만큼 곳곳에 술에 대한 찬미가 깃들어 있다-옮긴이)의 시구를 집어넣곤 했습니다.

  무용한 기도 따위 그만둬라.
  눈물 나는 일 따위도 집어치워라.
  한잔하자, 좋은 일만 생각해.
  공연한 걱정 따위는 잊어버려.

  불안이나 공포로 사람을 해하는 놈들은
  스스로 지은 큰 죄에 겁이 나
  죽은 이의 복수에 대비하려
  쉴 새 없이 머리를 굴린다.
  어젯밤, 술잔에 술이 차오르니 내 심장도 기쁨에 차올라

오늘 아침, 눈을 뜨니 남은 거라곤 거친 쓸쓸함.

이상한 일. 간밤에
달라져버린 이 마음.

앞으로 닥칠 불행 따윈 생각지 마라.
멀리서 울리는 북소리처럼
어쩐지 불안해
방귀 뀐 것까지 일일이 죄로 치면 어떻게 사나.

정의는 인생의 지침이라고?
그렇다면 피바다가 된 전쟁터에
암살자의 칼끝에
무슨 정의가 깃들어 있지?

어디에 그 근간이 있지?
어떤 예지의 빛이 있지?
아름답고도 무서운 것이 이 세상
여린 인간의 아들은 미처 다 질 수 없는 짐을 진다.

어찌할 수 없는 정욕의 씨앗이 심어진 탓에
선이다 악이다 죄다 벌이다 저주만 받을 뿐.
어찌할 수 없어 그저 갈팡질팡할 뿐.

억누를 힘도 의지도 부여받지 못한 탓에.

어디를 어떻게 헤매고 다녔느냐.
무슨 놈의 비판, 검토, 재인식?
헤헤헷, 헛된 꿈을, 있지도 않은 환상을
에라잇, 술을 잊어버렸네, 모두 바보 같은 생각이지.

어때, 저 끝도 없는 하늘을 봐.
그 속에 티끌 같은 점 하나
이 지구가 왜 자전하는지 알 게 뭐야.
자전 공전 반전도 저들 마음이지.

이르는 곳마다 지고한 힘을 느끼고
모든 나라 모든 민족에게서
동일한 인간성을 발견하는
나는야 이단자.

다들 성경을 잘못 읽은 거야.
그게 아니면 상식도 지혜도 없는 거지.
살아 있는 육신의 기쁨을 금하고 술을 금하고
됐다고 해 무스타파, 난 그런 거 정말 싫어.

하지만 그 무렵, 내게 술을 끊으라고 권하던 아가씨가 있었습니다.

"그럼 안 돼. 맨날 대낮부터 취해 있잖아."

바 맞은편 작은 담배 가게의 열일고여덟 살 된 여자아이였습니다. 요시코라는 살빛이 희고 덧니가 있는 아이였는데, 내가 담배를 사러 갈 때마다 웃으며 충고했습니다.

"왜 안 돼? 뭐가 나쁜데? '있는 대로 술을 마셔라, 인간의 아들아, 증오를 지우고, 지우고 지워라'라고 말이야, 옛날 페르시아. 아, 됐다, 관두자. 슬픔에 지친 심장에 희망을 가져다주는 건 만취를 부르는 옥배로다. 알겠니?"

"모르겠어."

"확 키스해버린다."

"해줘."

당돌하게 아랫입술을 내밀었습니다.

"하, 요 멍청이 봐라. 정조 개념이…."

하지만 요시코의 얼굴에는 분명 누구의 손도 타지 않은 숫처녀의 냄새가 배어 있었습니다.

해가 바뀌고 추위가 매섭게 들이닥치던 날 밤, 술에 취해 담배를 사러 나갔다가 담배 가게 앞 맨홀에 빠졌습니다. 요시짱, 도와줘, 하는 소리에 요시짱이 날 끌어올려 오른팔에 난 상처를 치료해주었습니다. 그러고는 웃음기 없는 얼굴로 진지하게 말했습니다.

"너무 많이 마셔."

죽는 건 아무렇지도 않았지만, 다치고, 피 흘리고, 불구자가 되는 건 딱 질색이라, 팔 상처를 치료받으면서 술도 이제 그만 끊어볼까 생각했습니다.

"끊을게. 낼부턴 한 방울도 안 마셔."

"정말?"

"반드시 끊어. 끊으면 요시짱, 나한테 시집올래?"

하지만 시집 얘기는 농담이었습니다.

"물."

물이란 '물론'의 줄임말이었습니다. 당시에는 모보(모던보이)니, 모걸(모던걸) 같은 각종 줄임말이 유행하고 있었습니다.

"좋아, 손가락 걸어. 꼭 끊는다."

그리고 다음 날, 나는 또 대낮부터 술을 마셨습니다.

저녁때 비틀비틀 밖으로 나가 요시짱네 가게 앞에 섰습니다.

"요시짱, 미안해. 마셔버렸어."

"뭐야, 싫다. 취한 척이나 하고."

흠칫했습니다. 술이 확 깨는 듯했습니다.

"아니, 진짠데, 진짜 마셨어. 취한 척이 아니라."

"놀리지 마. 진짜 나쁘다."

한 치의 의심도 하지 않았습니다.

"보면 알 거 아냐. 오늘도 대낮부터 마셨다고. 용서해주라."

"연극 잘하시네."

"연극이 아니야, 멍청아. 키스해버린다."

"해줘."

"아니야, 난 자격이 없어. 널 아내로 맞는 건 포기해야겠어. 내 얼굴 좀 봐. 빨갛지? 마신 거라고."

"그거야, 석양이 비쳐서 그런 거고. 속여도 소용없어. 어제 약속했잖아. 그럴 리 없어. 손가락까지 걸었는데 마셨다고? 거짓말, 거짓말, 거짓말."

어둑어둑한 가게 안에 앉아 미소 짓는 요시짱의 하얀 얼굴. '아아, 더러움을 모르는 순결은 고귀한 것이다. 나는 지금껏 나보다 어린 처녀와 자본 적이 없다. 결혼하자. 그로 인해 어떤 커다란 슬픔이 훗날 찾아온다 해도 좋다. 난폭하다 싶을 정도의 큰 환락을, 평생 단 한 번이라도 좋다. 처녀성의 아름다움이란, 그저 어리석은 시인의 달콤하고 감상적인 환영에 지나지 않는다고 생각했는데, 역시 이 세상에 살아 존재하고 있었다. 결혼하고 봄이 오면 둘이서 자전거를 타고 아오바 폭포를 보러 가자.' 그 자리에서 그렇게 결심하고 이른바 '한판 승부'로 그 꽃을 훔치는 데 조금도 주저하지 않았습니다.

마침내 우리는 결혼했고, 생각보다 큰 환락은 없었지만, 그 후에 찾아온 슬픔은 처참이라는 말로도 한참 모자란, 상상을 초월할 만큼 폭풍처럼 몰아닥쳤습니다. 내게 '세상'은 역시 그 끝을 알 수 없는 두려운 곳이었습니다. 결코 그런 한판 승부 따위로 하나부터 열까지 결정되는 그런 단순한 곳이 아니었습니다.

2

호리키와 나.

서로 경멸하면서도 어울리고, 그러면서 서로를 하찮게 만들어가는 것, 그것이 이 세상에서 말하는 '교우'라면, 나와 호리키의 관계도 그런 '교우'임이 분명합니다.

나는 그 교바시 스탠드바 마담의 의협심에 기대어(여자들에게 의협심이란 말을 쓰기엔 좀 이상하지만, 내 경험에서 봤을 때 적어도 도시 남녀의 경우, 남자보다 여자 쪽이 의협심이라고 할 만한 걸 더 많이 갖추고 있었습니다. 남자는 대부분 겁이 많고, 허세나 부리고, 좀스러웠습니다) 그 담배 가게 요시코를 아내로 삼을 수 있었습니다. 쓰키지 스미다 강 근처, 이 층짜리 작은 목조 아파트에 셋방을 얻어 살면서, 술은 끊고, 슬슬 직업으로 자리 잡기 시작한 만화 작업에 몰두했습니다. 저녁 식사 후에는 함께 영화도 보러 가고, 돌아오는 길에는 찻집에 들르거나, 화분을 사고, 아니 그런 것보다 나를 진심으로 믿고 의지하는 이 작은 신부가 하는 말을 듣고, 그 몸짓을 바라보는 게 그저 즐거웠습니다. '어쩌면 나도 점점 더 인간다운 인간이 될 수 있겠구나. 비참한 죽음 따위 걱정 않고 살 수 있겠구나.' 그런 달콤한 생각을 키워나가던 그때, 호리키가 다시금 나타났습니다.

"어이, 색마! 어라? 정신 좀 차린 낯짝인데? 오늘은 고엔지 여사의 심부름꾼으로 왔다."

말하다 말고 갑자기 목소리를 낮춰, 부엌에서 차를 준비 중이던 요시코 쪽을 턱으로 가리키며 물었습니다.

"괜찮겠어?"

"상관없어, 무슨 얘기든."

나는 침착하게 대답했습니다.

실제로 요시코는 신뢰의 천재라 부르고 싶을 만큼, 교바시바의 마담과의 관계는 물론, 가마쿠라에서 있었던 사건을 일러줘도, 쓰네코와 나 사이를 절대 의심하지 않았습니다. 그건 내가 거짓말을 잘해서가 아닙니다. 이따금 노골적으로 말해도 요시코는 몽땅 농담으로 받아들이는 눈치였습니다.

"잘난 척은 여전하네, 뭐 별일은 아니고. 고엔지에도 종종 놀러 오라고 전해달래."

잊을 만하면 괴상한 새가 퍼덕거리며 날아와 기억 속 상처를 부리로 쪼아댑니다. 그러면 과거의 부끄러움과 죄스러운 기억이 금세 눈앞에 생생하게 되살아나 아악 하고 비명을 지를 만큼 두려워 안절부절못했습니다.

"한잔할래?"라고 말하는 나.

"좋지"라고 말하는 호리키.

나와 호리키. 생김새는 둘이 비슷했습니다. 판박이 같다는 생각이 들 때도 있었습니다. 물론 그건 싸구려 술을 퍼마시며 싸돌아다닐 때나 그렇지만. 아무튼 두 사람이 얼굴을 마주했다 하면, 언제나 똑같은 모습으로, 똑같이 생긴 개로 변해서는 눈 내리는 거리를 활개 치고 다녔습니다.

그날 이후, 우리는 옛정을 되살린답시고, 교바시의 그 작은 바에도 갔고, 만취된 개가 되어서는 고엔지 시즈코의 아파트에서 하룻밤 묵고 오는 짓까지 저질렀습니다.

잊히지도 않습니다. 무더운 여름밤이었습니다. 해가 질 무렵, 호리키가 구깃구깃한 유카타를 입고 쓰키지에 있는 내 아파트로 찾아와서는 "오늘 돈 쓸 데가 좀 있어서 말이야, 여름옷을 전당포에 가져다 맡겼는데, 그걸 엄마가 알면 안 돼. 당장 찾아와야 할 것 같은데, 돈 좀 빌려줄래?" 하는 것이었습니다. 때마침 나도 돈이 없었던지라, 늘상 그래왔듯 요시코를 시켜 요시코의 옷가지를 전당포에 맡기고 마련한 돈을, 호리키에게 빌려주었습니다. 약간 남은 돈은 요시코에게 소주를 사 오라 하여, 아파트 옥상으로 올라가 스미다 강에서 이따금 불어오는 시궁창 냄새가 나는 바람을 맞으며, 아주 구질구질한 납량 잔치를 벌였습니다.

우리는 그때 희극 명사, 비극 명사 알아맞히기 놀이를 했습니다. 이건 내가 발명한 놀이로, 모든 명사는 남성 명사, 여성 명사, 중성 명사로 구분하는데, 그렇다면 희극 명사, 비극 명사도 구별해야 마땅하다. 이를테면 기선과 기차는 모두 비극 명사고, 전철과 버스는 모두 희극 명사다. 왜 그런지 그 까닭을 모르는 자는 예술을 논하기에 자격 미달. 희극에 하나라도 비극 명사를 끼워 넣은 극작가는 이미 그것만으로 낙제다. 비극의 경우도 마찬가지라는 원리였습니다.

"시작한다. 담배는?"

내가 묻습니다.

"비극."

호리키가 즉각 답합니다.

"약은?"

"가루약? 알약?"

"주사."

"비극."

"그런가? 호르몬 주사도 있는데."

"아니지, 당연히 비극이지. 바늘부터가 굉장한 비극이잖아."

"그래, 그렇다고 치자. 근데 호리키, 약이나 의사는 말이지. 그건 의외로 희극이야. 죽음은?"

"희극. 목사도 그렇고, 중도 그렇고."

"바로 그거지. 그러면 삶은 비극?"

"틀렸어, 그것도 희극."

"아니, 그렇게 따지면 다 희극이게? 그럼 하나만 더 묻자. 만화가는? 설마 그것까지 희극이라 하진 않겠지?"

"비극, 비극. 대비극 명사!"

"뭐야, 대비극 명사는 너지."

이렇게 어설픈 말장난으로 끝이 나면 재미없지만, 그래도 우리는 그 놀이를, 세계 그 어떤 살롱에도 없었던 기상천외한 놀이라고 자부하고 있었습니다.

또 다른 하나. 그 무렵, 나는 이와 비슷한 놀이를 발명했습니다. 그것은 반대말 알아맞히기였습니다. 검정의 반대말은 하양, 그러나 하양의 반대말은 빨강, 빨강의 반대말은 검정.

"꽃의 반대말은?"

내가 묻자 호리키는 입을 실룩이며 생각에 잠기고는 답했습니다.

"음, 화월花月이라는 요릿집이 있으니, 달."

"아니, 그건 반대말이 될 수 없어. 오히려 같은 말이지. 별과 제비꽃도 같은 말이고. 반대말이 아냐."

"알았어. 그럼 꿀벌."

"꿀벌?"

"모란에… 개미던가?"

"뭐야, 그건 그림 제목이잖아. 사기 치지 마."

"알았다! 꽃에 구름…."

"달에 구름이겠지."

"아, 맞다! 꽃에는 바람, 바람이지. 꽃의 반대말은 바람."

"형편없네, 그건 노래 가사잖아. 어디 출신인지 알 만하다."

"어허, 난 비와 출신인데."

"더는 못 들어주겠군. 꽃의 반대말은… 대충 이 세상에서 가장 꽃 같지 않은 것, 그걸 말해야지."

"그러니까, 그게… 기다려봐, 뭐야, 여자?"

"내친김에 물어보자. 여자의 같은 말은?"

"내장."

"넌 시라는 게 도무지 뭔지 모르는구나. 그럼 내장의 반대말은?"

"우유."

"좀 낫네, 그런 식으로 하나 더. 부끄러움. 부끄러움의 반대말은?"

"철면피, 인기 만화가 조시 이쿠타."

"그럼 호리키 마사오는."

이쯤부터 두 사람은 점점 웃을 수만은 없게 되었습니다. 소주 특유의 취기, 유리 파편이 머릿속에 가득 들어찬 듯한 음울한 기분이 스멀스멀 들었습니다.

"건방진 소리 마. 난 아직 너처럼 포승줄에 묶이는 치욕 따윈 안 당해봤어."

흠칫 놀랐습니다. '호리키는 내심 나를 진정한 인간으로 취급하지 않았던 것이다. 나를 그저 죽지도 못하는 철면피, 멍청한 괴물, 말하자면 '산송장'쯤으로만 여기고, 자신의 쾌락을 위해 필요할 때만 나를 이용하는, 고작 그 정도의 '교우'였던 것이다.' 그런 생각을 하니 역시나 기분이 더러웠습니다만, 한편으로는 '그래, 호리키가 나를 그렇게 여기는 것도 어찌 보면 당연하다. 나는 아주 오래전부터 인간 자격이 없는 아이였어. 호리키한테 멸시받는 것도 당연한 일일지 모른다' 그렇게 생각을 고쳐먹고 아무렇지 않은 얼굴로 말했습니다.

"죄, 죄의 반대말은 뭘까? 이건 좀 어려울걸."

"법."

호리키가 태연히 그렇게 대답하여, 나는 그의 얼굴을 다시 보았습니다. 근처 빌딩에서 깜빡이는 네온사인의 붉은 빛을 받아 호리키의 얼굴이 강력반 형사처럼 위엄 있어 보였습니다. 나는 아주 어이가 없어 되받아쳤습니다.

"죄라는 건, 그런 게 아니잖아."

죄의 반대말이 법이라니! 하지만 세상 사람들은 다 그 정도로 쉽게 생각하고, 모르쇠로 일관하며 살고 있는지도 모릅니다. 형사가 없는 곳에서나 죄가 꿈틀대는 것이라고.

"그럼 뭔데, 신이냐? 넌 꼭 예수쟁이 같은 냄새를 풍긴단 말이지. 재수 없게."

"이렇게 얼렁뚱땅 넘기지 말고, 조금만 더 같이 생각해보자. 이건 그래도 재밌는 주제잖아. 무슨 대답을 하느냐 이 하나로, 그 사람의 전부를 알 수도 있어."

"설마 그럴려고. 그럼 죄의 반대말은 선. 선량한 시민, 바로 나 같은 사람."

"농담하지 말고. 선은 악의 반대말이지. 죄의 반대말이 아니야."

"악과 죄가 다른가?"

"다르다고 생각해. 선악의 개념은 인간이 만든 거잖아. 인간이 제멋대로 만든 도덕의 언어."

"닥쳐라. 그럼 역시 신이겠지. 신, 신. 뭐든 신이면 다 되지. 배고프다."

"지금 밑에서 요시코가 누에콩을 삶고 있어."

"고맙군. 좋아하는 건데."

두 손을 머리 뒤에 끼고 벌렁 드러누웠습니다.

"넌 죄라는 것에 당최 흥미가 없나 보다."

"그건 그래, 너처럼 죄인은 아니니까. 난 여색은 밝혀도 걔들을 죽게 하거나 등쳐먹는 짓은 안 해."

'죽게 한 게 아니야. 등쳐먹은 적도 없어' 하고 마음속 어딘가에서 어렴풋한, 그렇지만 필사적인 항의가 터져 나와도, 또다시 내가 나쁜 놈이라고 곧바로 생각을 고쳐버리고 마는 이 습성.

나는 도저히 정면으로 맞서 논할 수가 없습니다. 소주의 음울한 취기 탓에 시시각각 기분이 험악해지려는 걸 간신히 억누르며 혼잣말 가깝게 말했습니다.

"하지만 감옥에 갇히는 것만이 죄가 아니야. 죄의 반대말을 알면 죄의 실체도 파악할 수 있을 것 같은데… 신… 구원… 사랑… 빛… 그렇지만 신에는 사탄이라는 반대말이 있고, 구원의 반대말은 고통일 테고, 사랑은 증오, 빛에는 어둠이라는 반대말이 있고, 선에는 악, 죄와 기도, 죄와 참회, 죄와 고백, 죄와… 아아, 죄다 같은 말이군, 죄의 반대말은 뭘까."

"죄의 반대말은 꿀이야(일본어로 죄는 쓰미, 꿀은 미쓰다-옮긴이). 꿀처럼 달콤한 거. 배고파. 먹을 것 좀 가져와."

"네가 가져오면 되잖아!"

거의 난생처음이라 해도 좋을, 격노한 목소리가 내 입에서 터져 나왔습니다.

"좋아, 그럼 내려가서 요시코랑 둘만의 죄를 짓고 와야겠다. 말보단 현장 답사. 죄의 반대말은 꿀콩, 아니 누에콩인가."

혀가 꼬일 정도로 취해 있었습니다.

"네 맘대로 해, 당장 꺼져버려!"

"죄와 배고픔, 배고픔은 누에콩, 아니지, 이건 같은 말인가."

헛소리를 지껄이며 일어났습니다.

죄와 벌. 도스토옙스키. 얼핏 그것이 뇌리를 스치기에 문득 깨달았습니다. '만약 그 도스토 씨가 죄와 벌을 같은 말이 아니라, 반대말로서 나열한 것이라면? 죄와 벌, 서로 절대로 통할 수 없는 것. 얼음과 숯처럼 서로 극과 극인 것. 죄와 벌을 반대말로 생각한 도스토 씨의 푸른 이끼, 썩은 연못, 난마의 깊은 곳…. 아아, 알겠다. 아니, 아직….' 이런 것들이 뇌리에 주마등처럼 빙글빙글 돌아가고 있을 때였습니다.

"이봐! 누에콩은 개뿔. 가서 좀 봐봐!"

호리키의 목소리와 낯빛이 달라져 있었습니다. 방금 전 비틀대며 아래층으로 내려간 줄 알았던 호리키가 어느새 다시 와 있었습니다.

"뭔데."

이상하게 찜찜했습니다. 우리는 옥상에서 이 층으로 내려갔고, 다시 이 층에서 일 층 내 방으로 내려가려는데, 계단 중간에 호리키가 멈춰 서더니 목소리를 낮춰 "봐!" 하며 손가락으로 가리켰습니다.

내 방에 열린 작은 창으로 방 안이 보였습니다. 켜져 있는 전깃불 아래 두 마리의 짐승이 있었습니다.

나는 어질어질 현기증을 느끼며 '이 또한 인간의 모습이다. 이 또한 인간의 모습이야. 놀랄 것 없다' 가쁜 숨을 몰아쉬고 속으로 중얼거리며, 요시코를 구해줘야 한다는 사실도 잊은 채 계단에 우두커니 서 있었습니다.

호리키가 크게 헛기침을 했습니다. 나는 혼자 도망치듯 옥상 위로 뛰어 올라가 누워 비를 머금은 여름 밤하늘을 올려다보았습니다. 그때 나를 덮친 감정은 분노도 아니고, 혐오도 아니고, 슬픔도 아닌, 무시무시한 공포였습니다. 그것도 묘지 유령 따위에 대한 공포가 아니라, 신사의 삼나무 숲에서 흰옷을 입은 신령과 마주쳤을 때나 느낄 법한, 끽 소리도 못 낼 만큼 거친 태곳적 공포였습니다. 그날 밤부터 내 머리는 하얗게 세기 시작했고, 모든 것에 자신감마저 상실한 채, 끝내 한없이 사람을 의심하고, 끝끝내 세상살이에 대한 모든 기대, 기쁨, 공감으로부터 영원히 멀어지게 되었습니다. 실로 그건 내 생애 결정적인 사건이었습니다. 내 미간은 정통으로 맞았고, 그 후로 어떤 인간을 만나건 그때 생긴 상처가 욱신거렸습니다.

"딱하긴 하다만, 이 일로 너도 조금은 깨달은 게 있겠지. 난 이제 여기 두 번 다시 안 와. 지옥이 따로 없다. …그래도 요시 짱은 용서해줘라. 너도 피차 별 볼 일 없는 놈이잖아. 간다."

거북한 자리에 오래 붙어 있을 멍청한 호리키가 아니었습니다.

나는 일어나 홀로 소주를 들이키며 엉엉 목 놓아 울었습니다. 한없이, 한없이, 울었습니다.

언제 왔는지 등 뒤에서 요시코가 누에콩이 수북한 접시를 들고 멍하니 서 있었습니다.

"아무 짓도 안 한다 해서…."

"됐어. 아무 말 마. 넌 사람 의심할 줄을 몰라. 앉아. 콩이나 먹자."

나란히 앉아 콩을 먹었습니다. '아아, 신뢰는 죄인가?' 상대 놈은 내게 만화를 그리게 하고 쥐꼬리만 한 푼돈을 쥐여주면서 엄청 뻐기는, 서른쯤 처먹은 막돼먹고 왜소한 장사치였습니다.

역시나 그 후로 그 장사치는 코빼기도 비치지 않았습니다. 나는 그 장사치에 대한 증오보다 처음 목격한 즉시, 헛기침도 뭣도 아무것도 하지 않은, 그저 내게 알린답시고 다시 옥상으로 기어든, 그 호리키에 대한 증오와 분노가, 불면의 밤마다 끓어오르는 탓에 끙끙거려야 했습니다.

용서하고 말 것도 없습니다. 요시코는 신뢰의 천재였습니다. 인간을 통 의심할 줄 몰랐습니다. 하지만 그런 까닭으로 벌어진 비참한 일.

신에게 묻습니다. 신뢰는 죄가 됩니까.

요시코가 더럽혀졌다는 사실보다 요시코의 신뢰가 더럽혀졌다는 사실이, 내게는 그 후로 영원히 살아갈 수도 없을 만큼, 끔찍한 고뇌의 씨앗이 되었습니다. 나처럼 어색하게 쭈뼛쭈뼛 남들 낯빛만 살피면서 인간을 신뢰하는 능력에 금이 가버린 놈에게는, 요시코의 그 순진무구한 신뢰야말로 푸른빛의 아오바 폭포처럼 시원시원하게 느껴졌던 것입니다. 그런데 하룻밤 새 똥물로 변해버렸습니다. 보십시오. 그날 밤 이후, 요시코는 내 표정 하나하나까지 눈치를 보게 되었습니다.

"요시코"하고 부르면, 흠칫 놀라서는 두 눈이 갈 곳을 잃고 헤맵니다. 내가 웃겨보려고 죽어라 광대 짓을 해도 그저 불안해하고 움찔움찔하며, 괜히 내게 존댓말까지 썼습니다.

과연 순진무구한 신뢰는 죄의 원천인가요.

나는 유부녀가 겁탈당하는 이야기책을 닥치는 대로 찾아 읽었습니다. 하지만 요시코처럼 비참하게 당한 여자는 어딜 봐도 없었습니다. 이건 이야깃거리도 뭣도 못 됩니다. 저 왜소한 장사치 놈과 요시코 사이에 사랑 비스름한 감정이 발톱의 때만큼이라도 있었더라면, 그나마 내 마음이 좀 편했을지 모르겠습니다. 하지만, 여름밤 단 하루, 요시코의 그 신뢰 때문에, 내 미간은 정통으로 빠개지고, 목소리는 쉬고, 머리는 세기 시작하고, 요시코는 평생을 움찔움찔하며 살아가게 되었습니다. 이야기의 대부분은, 그 아내의 '행위'를 남편이 용서하느냐 마느냐에 중점을 두는 것 같았는데, 그런 건 내게 별 고통스런 문제가 아니었습니다. '용서한다, 용서하지 않는다, 그런 권리라도 유보하고 있다면 그 남편은 운이 좋은 거다. 죽었다 깨도 용서할 수 없으면 그런 난리 통을 칠 게 아니라, 냉큼 아내와 갈라서고 새 아내를 맞이하면 될 일이다. 그게 안 되면 소위 '용서'란 걸 하고 꾹 참으면 그만이다. 결국 남편 마음 하나로 깡그리 정리되게 될 게 아닌가' 하는 생각마저 들었습니다. 즉 그런 사건은 분명 남편에게 큰 충격은 될지언정, 그건 어디까지나 '충격'일 뿐 언제까지나 끝도 없이 밀려들고 밀려드는 파도와는 달리, 권리가 있는 남편의 분노로 어떻게든 처리될 수 있는 트러블 같은 것이리라 생각되었습니다. 하지만 나 같은 경우는, 남편에게 아무런 권리도 없고, 생각해보면 몽땅 다 내 탓인 것만 같아, 화를 내기는커녕 싫은 소리 한마디 못하고, 또 그 아내는 소유한 그 귀한 미덕 때문에 겁탈당하고 만 것입니다. 더구나 그 미덕은 남편이 늘 동경하고 사랑해 마지않던, 순진무구한 신뢰라는, 더없이 가련한 것이었습니다.

순진무구한 신뢰는 죄가 되는가.

유일하게 믿었던 미덕에조차 의혹을 품고, 나는 이제 아무것도 알 수가 없어져서, 오로지 술만 찾게 되었습니다. 내 표정은 극도로 비열해지고, 아침부터 소주를 퍼마시고, 이가 듬성듬성 빠지고, 만화도 외설스런 것들만 그려댔습니다. 아뇨, 돌려 말하지 말하겠습니다. 나는 그즈음부터 춘화를 베껴 몰래 팔았습니다. 소주 살 돈이 필요했습니다. 항시 내 눈을 피하고 움찔움찔하는 요시코를 보면, '이 사람은 도통 경계란 걸 모르는 여잔데 그 장사치 놈과 딱 한 번뿐이었을까? 그럼 호리키는? 아니, 어쩌면 내가 모르는 인간과도?' 의혹은 의혹을 낳고, 그렇다고 마음먹고 그걸 따져 물을 용기도 없어, 예의 그 불안과 공포에 몸부림쳤습니다. 소주를 들입다 퍼마시고 왕창 취해서는, 겨우겨우 벌벌 떨며 야비한 유도 신문 따위를 시도하고, 속으로는 아둔하게 일희일비하며, 겉으로는 마구잡이로 광대 짓을 하고 나서는 요시코에게 추잡스런 지옥의 애무를 퍼붓고 빨려들 듯 잠이 들었습니다.

그해 연말의 늦은 밤, 나는 한껏 취해서 집에 들어왔습니다. 설탕물이 마시고 싶었는데, 요시코가 잠든 것 같아서, 손수 부엌에 가 설탕통을 찾아내 뚜껑을 열어보니, 설탕은 없고 웬 까맣고 길쭉한 작은 종이상자가 들어 있었습니다. 무심코 집어 들고, 그 상자에 붙은 라벨을 봤는데 깜짝 놀랐습니다. 손톱으로 반절쯤 긁어 떼어냈지만, 영어로 적힌 부분이 또렷하게 남아 있었습니다. DIAL.

다이얼. 당시 나는 오로지 술만 퍼마셨기 때문에 수면제에는 손을 대지 않았습니다. 불면은 내 지병 같은 것이라, 웬만한 수면제는 다 꿰고 있었습니다. 다이얼, 이 상자 하나면 치사량이 되고도 남을 양이었습니다. 아직 상자 비닐을 뜯진 않았지만, 언젠가는 일을 낼 작정으로 이런 곳에, 더군다나 라벨까지 벗겨내 감춰둔 게 틀림없습니다. 가엽게도, 요시코는 라벨을 읽을 수 없기 때문에, 손톱으로 반쯤 떼어낸 것만으로 괜찮다고 생각했겠지요(요시코, 너에게는 죄가 없다).

나는 소리 나지 않게 슬며시 컵에 물을 채우고 나서, 천천히 상자를 까 한 번에 몽땅 털어 넣고, 침착하게 물을 마신 뒤 전등을 끄고 그대로 잤습니다.

사흘 밤낮을 꼬박 죽은 듯이 누워 있었다고 합니다. 의사는 과실로 간주하고 경찰 신고를 미뤄주었다고 합니다. 깨어나기 하루 전에 중얼거린 말은, 집으로 가겠다는 말이었다고 합니다. 집이란 게 어떤 곳을 말하는지는 당사자인 나도 잘 모르겠습니다만, 아무튼 그렇게 중얼거리고는 꺼이꺼이 울었다고 합니다.

서서히 안개가 걷히고 눈을 떠보니 머리맡에 넙치가 몹시 못마땅하다는 낯빛으로 앉아 있었습니다.

"전번에도 연말이었지. 안 그래도 눈이 돌아갈 지경으로 바빠 죽겠는데, 꼭 연말에 이러더라고. 허구한 날 이런 식이니 내가 죽게 생겼어."

넙치의 푸념을 듣고 있는 사람은 교바시 바의 마담이었습니다.

나는 "마담" 하고 불렀습니다.

"응, 그래. 정신이 좀 들어?"

마담은 자기의 웃는 얼굴을, 내 얼굴 위에 드리우며 말했습니다.

눈물을 뚝뚝 흘리며 "요시코와 헤어지게 해줘"라는 나조차도 생각지 못한 말이 불쑥 튀어나왔습니다.

마담은 몸을 일으키며, 한숨을 옅게 내쉬었습니다.

그러고 나서 나는 또 참으로 생각지 못한, 멍청하고 바보 등신 같고 어처구니가 없는, 실언을 내뱉고 말았습니다.

"난 이제 여자가 없는 곳으로 갈 거야."

우하하하하, 제일 먼저 넙치가 큰 소리로 웃고, 마담도 이

어서 낄낄거리기 시작했습니다. 나도 눈물을 흘리며 빨개진 얼굴로 쓴웃음을 지었습니다.

"그래, 그게 좋겠다."

넙치는 연신 게걸스럽게 웃으며 말했습니다.

"여자 없는 곳이라, 그게 낫겠어. 여자가 있으면 아무래도 힘들지. 기특한 생각이군."

여자 없는 곳. 하지만 내가 내뱉은 이 멍청한 실언은 훗날 아주 처참한 현실이 되어 돌아왔습니다.

요시코는 내가 자기 대신 독약을 마셨다고 믿는지, 이전보다 한층 더 내 앞에서 허둥대고, 무슨 소릴 해도 웃지 않고 말조차 제대로 못 하는 지경이 되었습니다. 나도 집 안에만 있기가 우울해서, 그냥 밖으로 나와 전처럼 싸구려 술을 들이켰습니다. 그러나 그 다이얼 사건 이후, 내 몸은 점점 말라가고, 손발도 나른해지고, 만화도 그리는 둥 마는 둥 했습니다. 그때 넙치가 병문안 와서 놓고 간 돈(넙치는 그걸 "제 마음입니다"하며 흡사 자기 돈처럼 생색을 냈는데, 그것도 보아하니 고향 형들이 보낸 돈 같았습니다. 나도 그 무렵엔 넙치네 집에서 도망쳐 나오던 때와는 달리, 넙치의 그런 허세 가득한 연극을 어렴풋이나마 알아차릴 수 있게 되어, 내 쪽도 마찬가지로 교활하게 전혀 눈치채지 못한 양, 순진한 얼굴로 넙치에게 감사 인사를 표했습니다. 하지만 넙치와 형들이 왜 그런 복잡한 술수를 쓰는지 나로서는 알쏭달쏭하기만 하고, 어쨌든 내가 보기엔 수상했습니다), 아무튼 마음을 단단히 먹고 그 돈으로 혼자서 미나미 이즈의 온천에도 가보고 했지만, 느긋하게 온천 여행을 즐길 성미도 못 되는 데다, 요시코를 생각하면 쓸쓸하기 그지없고, 여관방에서 산이나 바라보며 한가로이 있을 심경과도 거리가 멀었던지라, 여관에서 내어준 솜 잠옷도 갈아입지 않고, 욕탕에도 들어가지 않고, 그저 밖으로 뛰쳐나와서는 누추한 찻집 같은 곳에 헐레벌떡 들어가 소주를, 그야말로 입에 들이붓듯 퍼마시고, 몸이 한층 안 좋아진 상태로 도쿄로 돌아왔을 뿐입니다.

도쿄에 폭설이 내리던 밤이었습니다. 나는 거나하게 취해 긴자 뒷골목을, 여기는 고향 땅에서 몇 백 리인가, 여기는 고향 땅에서 몇 백 리인가, 작은 소리로 도돌이표처럼 하염없이 흥얼거리며 펑펑 내리는 눈을 신발 끝으로 툭툭 차면서 걷다가 갑자기 토했습니다. 첫 각혈이었습니다. 눈 위에 커다란 일장기가 생겼습니다. 나는 한동안 웅크리고 앉아 더럽혀지지 않은 눈을, 두 손 가득 퍼 올려 얼굴을 씻어 내리면서 울었습니다.

여기는 어디 오솔길이지~?
여기는 어디 오솔길이지~?

가엾은 계집아이의 노랫소리가 환청처럼 멀리서 희미하게 들려옵니다. 불행. 이 세상에는 별의별 불행한 사람이, 아니, 죄다 불행한 사람들뿐이라 해도 과언이 아닐 테지만, 그래도 그 사람들의 불행은 소위 세상을 향해 당당히 항의할 수 있는 것이고, '세상' 또한 그 사람들의 항의를 쉽게 이해하고 동정합니다. 하지만 내 불행은 모두 내 죄악에서 비롯된 것이니 누구에게도 항의할 길이 없습니다. 우물쭈물 겨우 한마디 항의 비슷한 소리라도 꺼냈다간, 넙치가 아니더라도 세상 사람들 전부가 잘도 그런 말을 지껄인다며 기가 막혀 할 게 뻔합니다. 나는 속된 말로 '제멋대로'인 건지, 혹은 그 반대로 마음이 약해빠진 건지, 뭐가 뭔지 잘은 모르겠지만, 아무튼 죄악 덩어리임은 맞는 것 같아, 스스로를 점점 불행으로 내몰 뿐, 어떻게든 막아볼 구체적인 도리 따윈 없는 것입니다.

나는 자리에서 일어나 우선 적당한 약을 찾아봐야겠다는 생각에, 근처 약국에 들러 그곳 부인과 얼굴을 마주했습니다. 그 순간, 부인은 플래시 세례라도 받은 사람처럼 고개를 쳐들고 눈이 휘둥그레져서는 서 있는 채로 얼어붙었습니다. 하지만 그 휘둥그레진 눈에는 경악의 빛도, 혐오의 빛도 없이, 거의 구원을 원하는 듯한 연모의 빛이 서려 있었습니다. '아아, 이 사람도 틀림없이 불행한 사람이야. 불행한 자는 타인의 불행에도 민감한 법이니까.' 그런 생각을 하고 있는데, 문득 그 부인이 목발을 짚고 위태롭게 서 있다는 걸 깨달았습니다. 당장이라도 부인 곁으로 가고 싶은 마음을 억누르고, 그 부인과 얼굴을 마주하고 있으려니 눈물이 흘렀습니다. 부인의 커다란 눈에서도 눈물방울이 투두둑 떨어졌습니다.

그것뿐, 그 어떤 말도 하지 않고, 나는 그 약국을 나와 비틀거리며 아파트로 돌아왔습니다. 요시코에게 소금물을 타 달래서 마시고 조용히 잠들었습니다. 다음날도 감기 기운이 있다며 거짓말을 하고 온종일 누워만 지내다, 그날 밤, 아무래도 내 비밀 각혈이 불안해서 몸을 일으켜 약국으로 갔습니다. 이번에는 웃으면서 그 부인에게 내 몸 상태를 솔직하게 털어놓고 상담했습니다.

"술부터 끊어야 해요."

우리는 마치 가족 같았습니다.

"알코올 중독일지도 몰라요. 지금도 마시고 싶어요."

"안 돼요. 내 남편도 폐결핵인데, 균을 술로 죽인다나 뭐라나, 술만 내리 마시다 제 명줄을 재촉한 거지."

"불안해 죽겠어요. 무서워서 도저히 어떻게 할 수가 없어요."

"약 줄게. 술은 당장 끊어요."

약국 부인(과부였는데 하나 있는 아들이 지바인가 어딘가 하는 의대에 들어갔는데, 얼마 뒤 아버지와 같은 병에 걸려 휴학해서 입원 중이며, 집에는 중풍에 걸린 시아버지가 누워 있고, 부인은 다섯 살 때 소아마비 증상으로 한쪽 다리를 전혀 쓰지 못했습니다)은 목발을 딸깍딸깍 짚으며, 나를 위해 저쪽 선반, 이쪽 서랍을 오가며 갖가지 약들을 챙겨주었습니다.

이건 조혈제.

이건 비타민 주사액. 주사기는 이것.

이건 칼슘제. 이건 위장 상하지 않게 디아스타아제.

이건 뭐고 이건 뭐다는 식으로 대여섯 가지 약품을 애정을 담아 설명해주었지만, 이 불행한 부인의 애정 또한 내게는 지나친 것이었습니다. 마지막으로 부인이 못 견디게 술이 마시고 싶을 때 먹는 약이라며, 잽싸게 종이에 싸서 건넨 작은 상자는.

모르핀 주사액이었습니다.

술보다는 해롭지 않을 거라는 부인의 말을 철석같이 믿었고, 술 취한 내 모습이 꼴도 보기 싫어진 참인 데다, 오랜만에 알코올이라는 사탄에서 벗어날 수 있다는 기쁨에, 나는 주저 없이 내 팔뚝에 모르핀 주사를 놓았습니다.

그랬더니 불안함도 초조함도 부끄러움도 싹 사라지고, 아주 쾌활한 달변가가 되었습니다. 그 주사를 맞으면 몸이 쇠약해진 것도 잊은 채, 만화 그리는 일에만 심취해서, 내가 그리면서도 웃음이 터져 나올 만큼 신묘한 능력이 생겨났습니다.

하루에 한 대만 맞자는 생각이 두 대가 되고, 네 대가 되었을 무렵, 나는 더 이상 그 주사 없이는 일을 할 수 없는 지경에 다다랐습니다.

"안 돼요. 중독되면 정말 큰일 나."

약국 부인에게서 그런 소리를 들으니, 이미 심각한 약물 중독자가 된 것만 같아(나는 다른 사람의 암시에 정말이지 쉽게 걸려드는 성향입니다. '이 돈은 쓰면 안 돼'라는 말에, '뭐 네 일이니까'라는 말을 들으면, 괜히 그 돈을 반드시 써버려야 할 것 같은, 쓰지 않으면 기대를 저버리는 것 같은, 이상한 착각에 빠져들어, 기어이 그 돈을 써버리고 마는 것입니다) 그 중독에 대한 불안감 때문에, 오히려 약을 더 구하게 되었습니다.

"제발! 한 상자만 더 줘요. 계산은 이달 말에 꼭 할 테니."

"계산이야 뭐 언제 해도 상관없는데, 경찰들이 좀 말이 많아야지."

아아, 내 주위에는 늘 뭔가 탁하고 어둡고 수상쩍은 음지인이 따라다녔습니다.

"어떻게 잘 좀 따돌려봐요. 제발 이렇게 부탁할게, 부인. 키스면 되겠요?"

부인은 얼굴을 붉혔습니다.

나는 점점 집요하게 매달렸습니다.

"약이 없으면 도무지 일을 할 수가 없단 말이야. 나한테는 그게 정력제 같은 거라고."

"그럼 차라리 호르몬 주사를 맞든가."

"날 대체 뭘로 보는 거예요. 술이든 약이든 하나라도 있어야 해. 안 그럼 일을 못 한다니까."

"술은 안 돼."

"그죠? 그 약을 쓰고 나서 술은 한 방울도 입에 안 댔어요. 덕분에 몸 상태가 아주 좋단 말이야. 나라고 언제까지나 시답잖은 만화 따위나 그릴 순 없잖아요. 앞으로 술도 끊고 몸도 추스르고 공부도 할 거야. 그래서 꼭 훌륭한 화가가 될 거라고. 지금이 나한테는 너무 중요한 시기야. 그러니까 제발 부탁할게요. 키스해줄게."

"참 곤란하네, 중독돼도 난 몰라."

부인은 웃더니 딸깍딸깍 목발 소리를 내며 선반에서 약품을 꺼냈습니다.

"한 상자는 다 못 줘. 금방 써버릴 게 뻔하니까. 반만 가져가."

"짜다 짜, 하는 수 없죠 뭐."

집에 가자마자 바로 주사를 한 대 놓았습니다.

"안 아파?"

요시코가 쭈뼛쭈뼛 내게 물었습니다.

"아프지. 근데 일할 때 능률을 높이려면 싫어도 맞아야 해. 나 요즘 엄청 건강해 보이지 않아? 자, 일하자, 일, 일."

나는 떠들어댔습니다.

한밤중에 약국 문을 두드린 적도 있습니다. 잠옷 차림으로 딸깍딸깍 목발을 짚고 나온 부인을 와락 끌어안고 키스하며 우는 시늉을 했습니다.

부인은 아무 말 없이 내게 한 상자를 건넸습니다.

약물 또한 소주처럼, 아니 그보다 더더욱 사악하고 불결한 것이라고 절실히 깨달았을 때는, 이미 완전히 중독자가 된 뒤였습니다. 정말이지 몰염치함이 극에 달했습니다. 나는 그 약을 얻고 싶다는 생각에, 또다시 춘화를 베껴 그리기 시작했고, 그 약국 불구자 부인과 문자 그대로 추잡한 관계까지 맺었습니다.

'죽고 싶다. 차라리 죽고 싶다. 이제는 돌이킬 수 없다. 어떤 짓을 해도, 무슨 수를 써도, 악화될 뿐이다. 수치를 덧칠할 뿐이다. 자전거로 아오바 폭포에 가는 일 따위 내겐 어림도 없다. 단지 씻을 수 없는 죄에 추잡한 죄가 더해져, 고뇌만 점점 커지고 강렬해질 뿐이다. 죽고 싶다. 죽어야 한다. 살아 있는 것이 죄의 씨앗이다.' 그런 생각을 하면서, 역시나 아파트와 약국 사이를 반미치광이 꼴로 오갈 뿐이었습니다.

죽어라 일을 해도 그만큼 약 사용량도 따라 늘어났기에, 약값으로 진 빚이 괴물처럼 불어나버렸습니다. 부인은 내 얼굴을 볼 때마다 눈물을 보이고, 나도 따라서 울었습니다.

지옥.

'이 지옥에서 도망치기 위한 최후의 수단. 이것까지 실패한다면 이제 남은 거라곤 목을 매는 일뿐이다.' 신의 존재를 걸고 내기라도 하는 사람처럼, 마음을 단단히 먹고 고향에 있는 아버지에게 장문의 편지를 써서, 그간의 내 모든 사정(여자 이야기는 차마 쓸 수 없었습니다만)을 고백하기로 했습니다.

하지만 그건 되레 안 좋은 결과를 초래했습니다. 기다리고 기다려도 답은 오지 않았고, 나는 거기서 오는 초조와 불안 때문에 오히려 약을 더 늘려야 했습니다.

'오늘 밤 주사 열 대를 한꺼번에 맞고 강물에 뛰어들자.' 남몰래 각오를 다졌던 그 날 오후에 넙치가 악마의 촉으로 알아낸 것처럼 호리키를 데리고 나타났습니다.

"너 각혈했다며?"

호리키는 내 앞에 책상다리를 하고 앉아 그렇게 말하며, 지금껏 본 적 없는 다정한 미소를 지어 보였습니다. 그 다정한 미소가 어찌나 고맙고 기쁘던지 고개를 돌리고 울었습니다. 그리고 호리키의 그 다정한 미소 하나에 나는 와장창 깨지고 매장당하고 말았습니다.

나는 차에 태워졌습니다. "일단 입원부터 하자, 나머지는 우리한테 맡겨라." 넙치는 숙연한 어투로(그것은 자비롭다 해도 좋을 만큼 차분한 말투였습니다) 내게 권하고, 나는 의지도 판단도 뭣도 없는 사람처럼 그저 흐느껴 울면서 순순히 두 사람 말에 따랐습니다. 요시코까지 우리 네 사람은 덜컹거리는 차로 한참의 시간을 달려 사위가 어둑어둑해질 무렵, 숲속에 있는 큰 병원 현관 앞에 다다랐습니다.

나는 결핵 요양원인 줄만 알았습니다.

젊은 의사는 몹시 친절하고 정중한 태도로 진찰하더니 "음, 당분간 여기서 요양하셔야겠군요"라고 수줍은 듯 미소 지으며 말했습니다. 넙치와 호리키와 요시코는 나 혼자만 두고 돌아갔습니다. 요시코는 가기 전 내게 갈아입을 옷가지들을 넣은 보따리를 건네며, 조용히 허리춤에서 주사기와 쓰다 남은 그 약을 꺼내 내밀었습니다. 역시 정력제라고만 생각했던 걸까요.

"아니, 이제 필요 없어."

참으로 희한한 일이었습니다. 누군가의 권유에 거절을 한 건, 내 생애를 통틀어, 그때 단 한 번이라고 해도 과언이 아닐 겁니다. 나의 불행은 거절 능력이 없는 자의 불행이었습니다. 누군가의 권유를 거절하면, 상대의 마음에도 내 마음에도, 영원히 메울 수 없는 금이 생길 것만 같은 공포감에 짓눌

렸습니다. 하지만 나는 그때 반미치광이처럼 찾던 모르핀을 잘도 자연스럽게 거절했습니다. 요시코의 이른바 그 '신과 같은 무지'에 충격을 받은 걸까요. 나는 그 순간, 이미 중독에서 완전히 자유로워진 걸까요.

하지만 나는 곧 그 수줍은 미소를 짓는 젊은 의사의 안내를 받아 어느 병동에 갇히게 되고, 찰카닥 열쇠가 채워졌습니다. 정신 병원이었습니다.

그 다이얼을 마시고 여자가 없는 곳으로 가겠다던 내 멍청한 실언이 참으로 기묘하게 실현된 셈입니다. 그 병동은 싹 다 남자 미치광이뿐, 간호사도 남자, 여자는 단 한 명도 없었습니다.

이제 나는 죄인은 고사하고 미치광이입니다. 아니, 나는 결단코 미치지 않았습니다. 미쳤던 적은 단 한순간도 없습니다. 한데 아아, 광인들은 다들 그렇게 말한다고 합니다. 말하자면 이 병원에 갇힌 자는 미치광이, 갇히지 않은 사람은 정상인이라는 말입니다.

신에게 묻습니다. 무저항은 죄인가요?

호리키의 기묘할 만큼 아름다운 미소에 나는 울었고, 판단도 저항도 잊은 채 차에 태워져서 이곳으로 끌려와 미치광이가 되었습니다. 언젠가 여기서 나가게 되더라도 미치광이, 아니 폐인이라는 낙인이 이마에 새겨지겠지요.

인간 실격.

이제 나는, 완전히 인간이 아니게 된 것입니다.

이곳에 온 건 여름의 초입, 철창 사이로 병원 뜰 작은 연못에 붉게 핀 수련 꽃이 보였습니다. 그로부터 석 달 뒤, 뜰에 코스모스가 피기 시작했고, 뜻밖에도 고향에서 큰형이 넙치와 함께 나를 데리러 왔습니다. 그러고는 "지난달 말, 아버지가 위궤양으로 돌아가셨다. 우린 더 이상 네 과거는 묻지 않기로 했다. 어떻게 먹고살지도 걱정하지 마라. 아무것도 하지 않아도 된다. 대신 여러 가지로 미련은 남겠지만, 당장 도쿄를 떠나 시골에서 요양을 했으면 싶다. 네가 도쿄에서 저지른 일들은 시부타가 처리할 테니까 그건 염려하지 않아도 된다"고 큰형은 그 진지한 말투로 딱딱하게 말했습니다.

고향 산천이 눈앞에 선해, 나는 가만히 고개를 끄덕였습니다.

그야말로 폐인.

아버지가 돌아가셨다는 걸 알고부터 나는 점점 더 넋이 나가는 것 같았습니다. '아버지가 이제 없다. 내 가슴 속에서 한시도 떠나지 않았던 그 그립고 두려운 존재가 이제 없다.' 마치 내 고뇌의 항아리가 텅 비어버린 듯했습니다. 내 고뇌의 항아리가 그토록 무거웠던 것도 아버지 때문인 것만 같았습니다. 맥이 빠졌습니다. 고뇌할 능력마저 상실했습니다.

큰형은 내게 한 약속을 정확히 실행에 옮겼습니다. 내가 태어나고 자란 마을에서 기차로 네다섯 시간 남쪽으로 내려간 곳에, 도호쿠 지방치고는 드물게 따스한 바닷가 온천 마을이 있습니다. 그 마을에서 조금 떨어진 곳에, 방은 다섯 개나 되지만, 오래된 집인지 벽은 벗겨져 있고, 기둥은 벌레가 파먹은, 더는 손을 쓸 수도 없게 낡아빠진 초가집을 내게 사주고 육십 가까이 되는 몹시 불그죽죽한 머리의 흉측한 하녀 한 명을 붙여주었습니다.

그로부터 삼 년 후, 나는 그 사이에 데쓰라는 그 늙은 하녀에게 이상한 짓을 몇 번 당했고, 때때로 부부싸움 비슷한 걸 했습니다. 가슴의 병은 좋았다가 나빴다가, 살은 빠졌다가 쪘다가, 혈담은 나왔다가 말았다가 합니다. 어제는 데쓰에게 마을 약국에 가서 칼모틴을 사 오라고 심부름을 보냈더니, 내가 익히 봐온 약상자와는 다르게 생긴 칼모틴을 사 들고 왔습니다. 별생각 없이 자기 전에 열 알이나 먹었는데도, 영 잠이 오질 않아 참 이상하다 싶던 차에, 배가 꾸륵꾸륵거려 서둘러 변소에 갔더니 맹렬한 기세의 설사가 쏟아져 나왔습니다. 그것도 연달아 세 번이나 화장실에 들락거려야 했습니다. 아무래도 이상하다 싶어 약상자를 자세히 살펴보니, 그것은 헤노모틴이라는 설사약이었습니다.

나는 벌렁 누워 배에 따뜻한 물주머니를 얹고는, 데쓰에게 한소리 해야겠다고 생각했습니다.

"이건 칼모틴이 아니야. 헤노모틴이지."

자려고 설사약을 먹다니, 그것도 헤노모틴이란 이름의 설사약을.

이제 내겐 행복도 불행도 없습니다.

모든 것은 그저 지나갑니다.

내가 지금까지 아비규환으로 살아온, 이른바 '인간'의 세계에서, 딱 한 가지 진리라고 여기는 건 그것뿐입니다.

모든 것은 그저 지나갑니다.

나는 올해로 스물일곱이 됩니다. 흰머리가 부쩍 늘어서, 사람들은 내가 마흔이 넘은 줄로 압니다.

후기

 이 수기를 쓴 미치광이를, 나는 직접적으로 알지 못한다. 하지만 이 수기에 등장하는, 교바시의 스탠드바 마담으로 짐작되는 인물은 조금 알고 있다. 작은 체구에 어두운 낯빛, 눈은 가늘게 치켜 올라가 있고 코는 오뚝한, 미인이라기보다는 미청년에 가까운 다부진 느낌의 사람이다. 이 수기에는 1930년부터 1932년까지의 도쿄 풍경이 주로 묘사되어 있는데, 내가 그 교바시에 있는 스탠드바에 친구를 따라 두세 번 들러 하이볼을 마신 게, 일본 '군부'가 슬슬 노골적으로 날뛰기 시작한 1935년 전후였으니, 이 수기를 쓴 남자를 만날 일은 없었다.

 그러던 올 2월, 나는 지바현 후나바시시로 피난 가 있던 한 친구를 찾아갔다. 그 친구는 내 대학 동기로 지금은 모 여대에서 강사로 일하고 있는데, 사실 나는 이 친구에게 내 친척의 혼담을 부탁해놓은 터라, 그 일도 물어볼 겸 신선한 해산물이라도 사서 내 식솔들도 먹일 겸 해서 배낭을 메고 후나바시시로 간 것이다.

후나바시시는 흙빛 바다와 마주한 제법 큰 도시였다. 새로 이주한 친구의 집은 그 고장 토박이들에게 주소를 대며 물어도 잘 알지 못했다. 날도 추운데 배낭을 멘 어깨까지 욱신거렸다. 나는 레코드에서 흐르는 바이올린 선율에 이끌려 어느 찻집의 문을 밀고 들어갔다.

그곳 마담이 어쩐지 눈에 익어 물어봤더니, 바로 10년 전 그 교바시 작은 바의 마담이었다. 마담도 나를 바로 알아봐서 서로 반가워 어쩔 줄 몰라 하며 한참을 웃었다. 이런 때 흔히들 그러하듯 누가 묻지도 않았는데, 우리는 지난번 공습으로 집이 불에 탄 경험담을 서로 자랑처럼 늘어놓았다.

"하나도 안 변했군요."

"아휴, 안 변하긴. 할머니 다 됐지 뭐. 몸이 어찌나 삐걱거리는지. 그쪽이야말로 그대론데."

"그럴 리가요. 애가 벌써 셋인데요. 이번에 그 애들 먹이게 뭐 좀 사갈까 하고요."

이번에도 오랜만에 만난 사람들끼리 으레 하는 인사를 나누고, 둘 다 아는 지인의 소식을 주고받았다. 그러다가 대뜸 어조를 바꾸더니 요조를 아느냐고 묻기에 모르겠다고 답하자 마담은 안쪽으로 들어가서 세 권의 노트와 석 장의 사진을 들고 나와 내게 건네며 말했다.

"소설 소재가 될까 싶어서."

나는 다른 사람이 내게 써보라고 던져주는 재료로는 글을 쓸 수 없는 성향인지라, 바로 그 자리에서 돌려주려 했지만 (석 장의 사진, 그 기괴스러움에 대해서는 서문에서도 써두었다) 사진에 마음이 붙들려, 일단 노트를 받아 들고는 돌아가는 길에 다시 들르겠다, 근데 어느 동네 몇 번지의 모 여대 선생의 집을 아느냐고 물었더니, 역시 새로 온 주민들끼리는 알고 있었다. 종종 이 찻집에도 들른단다. 바로 근처였다.

그날 밤, 친구와 가볍게 술잔을 기울이고 하룻밤 묵어가기로 했다. 나는 아침까지 한숨도 자지 않고 그 노트를 탐독했다.

이 수기는 꽤 오래전 이야기지만, 요즘 사람들에게도 분명 흥미롭게 읽힐 것이다.

어설프게 내 글을 보태는 것보다 그냥 이대로 잡지사에 투고해 발표하는 편이 훨씬 의미 있는 일이리라 생각했다.

아이들에게 줄 해산물은 건어물뿐. 나는 배낭을 짊어지고 친구 집에서 나와 그 찻집에 들러 "어제는 고마웠어요. 그런데…"라며 마담에게 말을 꺼냈다.

"이 노트 좀 당분간 빌릴 수 있을까요?"

"그럼 그럼, 가져가."

"근데 이 사람, 아직 살아 있나요?"

"글쎄, 그건 잘 모르겠네. 10년 전쯤이었지 아마. 교바시 가게로 그 노트랑 사진이 든 소포가 왔어. 보낸 사람은 분명 요조일 텐데, 소포엔 주소도 이름도 안 적혀 있더라고. 공습 때 다른 것들과 섞여서 신기하게 남아 있지 뭐야. 나도 요전

에야 다 읽어보고…."

"울었나요?"

"아니, 울었다기보다… 틀린 거지. 사람이 그 지경이 됐으면 틀렸다고 봐야지."

"벌써 10년이나 지났으니 이미 세상을 떠났는지도 모르겠네요. 이건 요조가 당신에게 감사의 표시로 보낸 것이겠지요. 약간 과장되게 쓴 부분도 있지만, 당신도 꽤나 피해를 입었겠어요. 만약 이게 다 사실이라면, 그리고 내가 이 사람의 친구였다면 나도 정신병원에 넣고 싶었을 거예요."

"그 사람 아버지가 나빴지."

마담이 덤덤하게 말했다.

"우리가 알고 있는 요조는 아주 순수하고, 눈치가 빨랐어. 술만 안 마셔도, 아니 마셔도, 하느님처럼 착한 아이였지."

다자이 오사무 연보

1909년

본명, 쓰시마 슈지津島 修治.

6월 19일, 아오모리현 기타쓰가루군 가나기촌의 손꼽히는 대지주 쓰시마 가문에서 열한 남매 중 열째 아이이자 여섯째 아들로 태어남. 아버지 겐에몬은 지방의 유명 인사로 늘 바깥일로 바쁘고 어머니 다네는 병약하여, 어려서부터 숙모나 유모, 보모의 손에서 키워짐.

1916년(7세)

4월, 가나기 제1진소학교 입학.

1922년(13세)

가나기 제1진소학교를 수석으로 졸업하였으나, 다자이의 학업 성적을 걱정한 아버지 겐에몬의 의향으로 학력 보충을 위해 메이지 고등소학교에 입학하여 1년간 통학.

1923년(14세)
3월, 아버지 겐에몬이 53세의 나이로 도쿄에서 사망.
4월, 아오모리현립 아오모리 중학교에 입학. 아오모리현 내 친척 집에서 통학하기 시작.

1925년(16세)
3월, '아오모리 교우회지'에 〈마지막 타이코〉 발표. 이를 시작으로 왕성한 활동을 시작하며 작가의 꿈을 키우기 시작함. 아쿠타가와 류노스케나 기쿠치 간 등의 작품에 심취하면서 친구들과 동인지 〈성좌〉를 창간해 소설, 희곡, 에세이 등을 발표.

1926년(17세)
큰형과 셋째 형을 중심으로 잡지 〈아온보〉를 펴냄.

1927년(18세)
4월, 5년제인 중학교의 전 과정을 4년 만에 수료하고 히로사키 고등학교(현 히로사키 대학의 전신) 문과학부에 입학하였으나, 동경하던 아쿠타가와 류노스케의 자살 소식에 크게 충격을 받고 학업을 포기함.
9월, 아오모리의 게이샤 오야마 하쓰요를 알게 됨.

1928년(19세)
5월, 프롤레타리아 문학의 영향을 받은 동인지 〈세포문예〉 창간.

쓰시마 슈지辻島衆二라는 필명으로 생가를 고발하는 내용의 장편 소설〈무간나락〉을 발표(미완).
9월,〈세포문예〉가 4호로 폐간될 때까지 이부세 마스지, 후나바시 세이이치, 하야시 후사오 등의 작품을 게재함.

1929(20세)
1월, 남동생 레지가 패혈증으로 돌연 사망.
11월, 공산주의의 영향을 받아〈지주일대〉를 집필.
12월 10일, 출신 계급에 대한 고민 중 수면제인 칼모틴을 다량 복용하고 자살 시도를 하였으나 실패.

1930년(21세)
3월, 히로사키 고등학교 졸업.
4월, 불문학에 대한 동경으로 도쿄 제국 대학교 불문과에 입학.
5월, 작가 이부세 마스지를 만나 제자로 들어가게 됨.
7월, 아오모리 지방의 동인지〈좌표〉에〈학생군〉발표(11월까지만 연재하고 중단). 이 무렵부터 비합법 운동에 가담하게 됨.
10월, 오야마 하쓰요가 상경하였으나 집안의 강한 반대에 부딪힘. 생가와의 분가(의절)를 조건으로 결혼을 인정받기로 하고 하쓰요는 일단 귀향.
11월, 도쿄 긴자 카페의 여급 다나베 시메코를 만나 사흘 동안 함께 지내다가, 가마쿠라에서 다량의 칼모틴을 복용해 동반 자살을 시도. 시메코만 사망하여 자살 방조죄로 기소 유예 처분을 받음.

12월, 하쓰요와 약식 결혼식을 올림.

1931년(22세)
2월, 다시 상경한 오야마 하쓰요와 동거. 반제국주의학생동맹에 가담하여 비합법 운동을 본격적으로 시작. 슈린도朱麟堂라는 필명으로 하이쿠 창작에 몰두하며 학교는 거의 가지 않음.

1932년(23세)
봄, 비합법 운동을 위해 수시로 거처를 옮김.
7월, 비합법 운동을 포기하고 아오모리 경찰서에 자수하면서 한 달 동안 유치됨. 이즈음부터 〈추억〉 집필 시작.

1933년(24세)
2월, 처음으로 다자이 오사무라는 필명으로 〈선데이 히가시오쿠〉에 〈열차〉 발표.
3월, 동인지 〈해표〉에 참가하여 창간호에 〈어복기〉 발표.
4월, 〈추억〉 발표.

1934년(25세)
12월, 동인지 〈푸른 꽃〉을 단 가즈오, 기야마 쇼헤이, 나카하라 주야, 쓰무라 노부오, 야마기시 가이시 등과 창간하였으나, 창간호로 폐간됨.
그 외 발표한 작품으로는 〈잎〉, 〈원숭이 얼굴을 한 젊은이〉, 〈그는 옛날의 그가 아니다〉, 〈로마네스크〉가 있음.

1935년(26세)

2월, 〈문예〉에 〈역행〉 발표. 〈역행〉은 동인지 외에 발표한 최초의 작품임.

3월, 미야코 신문사 입사 시험을 치렀지만 낙방하고 가마쿠라에서 목을 매 자살하려 하였으나 실패. 일본 낭만파에 합류.

4월, 맹장염으로 입원하였으나 수술 후 복막염을 일으켜 사용한 진통제 파비날이 원인이 되어 약물 중독에 시달림.

8월, 제1회 아쿠타가와상 후보로 〈역행〉이 올랐으나 차석에 그침. 이후 사토 하루오를 알게 되고 사제 관계가 됨. 같은 해 경성에 있던 다나카 히로미쓰와 편지를 통해 교류 시작.

9월, 수업료 미납으로 도쿄 제국 대학에서 제적당함.

10월, 〈다스 게마이네〉를 발표하고 아쿠타가와상 수상을 기대하지만, 후보에도 오르지 못함.

그 외 발표한 작품으로는 〈어릿광대의 꽃〉, 〈장난감〉, 〈아기 참새〉, 수필 〈생각하는 갈대〉, 〈원숭이 섬〉, 〈지구도〉가 있음.

1936년(27세)

2월, 파비날 중독이 진행되어 사이세카이 병원에 한 달 가까이 입원했으나 완치되지 못한 채 퇴원.

6월, 스나고야 쇼보에서 첫 창작집 《만년》 간행.

8월, 파비날 중독과 폐병 치료를 위해 찾은 군마현 다니가와 온천에서 제3회 아쿠타가와상 최종 심사에서 제외되었다는 소식을 듣고 큰 충격에 빠짐.

10월, 이부세 마스지의 권유로 에코타의 무사시노 병원에 한 달간 입원하여 파비날 중독 완치.

그 외 발표한 작품으로는 〈벽안탁발〉, 〈장님 이야기〉, 〈도깨비불〉, 〈암컷에 관하여〉, 〈허구의 봄〉, 〈광언의 신〉, 〈창생기〉, 〈갈채〉가 있음.

1937년(28세)

3월, 오야마 하쓰요와 미나카미 온천에서 수면제 자살을 시도하였으나 실패하고, 도쿄로 돌아간 뒤 결별. 가끔 수필을 쓰는 것 외에는 일 년 여간 활동을 중단함.

그 외 발표한 작품으로는 〈HUMAN LOST〉, 〈등롱〉과 단편집 《허구의 방황, 다스 게마이네》, 《20세기 기수》가 있음.

1938년(29세)

7월, 침체기에서 벗어나 〈우바스테〉를 쓰기 시작.

9월, 야마나시현 미사카토게 덴카차야에서 장편 〈불새〉 집필에 전념하였으나 미완에 그침.

11월, 이부세 마스지의 주선으로 이시하라 미치코와 결혼.

그 외 발표한 작품으로는 〈만원〉이 있음.

1939년(30세)

1월, 이부세 자택에서 결혼식을 올리고 고후시 미사키초에서 신접

살림을 시작. 이후 안정을 찾게 되면서 왕성한 집필 활동으로 연간 발표 작품 수가 증가하게 됨.

3월, 〈문체〉에 〈부악 백경〉 발표.

4월, 〈황금풍경〉이 〈국민신문〉의 단편 콩쿠르에 당선됨.

9월, 도쿄 미타카로 거주지를 옮김. 종전 전후를 제외하고는 생을 마칠 때까지 이곳에서 지냄.

그 외 발표한 작품으로는 〈나태라는 트럼프〉, 〈벚나무와 마술 휘파람〉, 〈88일째 되는 날〉, 〈축견담〉, 〈멋쟁이 동자〉, 〈피부와 마음〉과 단편집 《사랑과 미에 대하여》, 《여학생》이 있음.

1940년(31세)

5월, 〈신조〉에 〈달려라 메로스〉 발표.

12월, '아사가야회'(중앙선 연선 거주 문인들의 친목회)에 출석. 이후에도 종종 모임에 나감. 단행본 《여학생》으로 기타무라 도코쿠상 차석을 수상함.

그 외 발표한 작품으로는 〈속천사〉, 〈갈매기〉, 〈봄의 도적〉, 〈알테 하이델베르크〉, 〈젠조를 생각하며〉, 〈고전풍〉, 〈맹인독소〉, 〈거지 학생〉, 〈여치〉, 〈로망 등롱〉과 단편집 《피부와 마음》, 《추억》, 《여자의 결투》가 있음.

1941년(32세)

2월, 현안을 담은 장편소설 《신햄릿》 집필을 시작하여 5월에 완성.

6월, 장녀 소노코 태어남.

8월, 10년 만에 고향 쓰가루로 귀향.

9월, 오타 시즈코가 친구들과 함께 처음으로 다자이 집을 방문.

11월, 폐 질환으로 징용에서 면제됨.

그 외 발표한 작품으로는 〈청빈담〉, 〈부엉이 통신〉, 〈사도〉, 〈풍문〉, 〈누구〉와 단편집 《천대녀》, 《동경 팔경》, 한정판 《직소》가 있음.

1942년(33세)

10월, 〈문예〉에 〈불꽃〉을 발표하였으나 시국에 맞지 않다는 이유로 전문 삭제하라는 지시를 받음. 어머니 다네가 쇠약해졌단 소식에 아내 미치코와 장녀 소노코를 데리고 귀향하여 고향 가족들과 처음으로 대면. 의절했던 관계 해소됨.

12월, 어머니 사망. 홀로 귀향.

그 외 발표한 작품으로는 〈수치〉, 〈수선화〉와 장편 《정의와 미소》, 단편집 《풍문》, 《알테 하이델베르크》, 《여성》, 에세이집 《신천옹》이 있음.

1943년(34세)

3월, 고후시에서 지난해 말부터 집필하기 시작한 신작 장편소설 《우대신 사네토모》를 완성.

10월, 〈종달새 소리〉를 완성했으나 검열 불허의 우려가 있어 출간을 연기함. 다음 해에 마침내 출간이 진행되었으나, 인쇄소가 공습을 받아 책이 소실됨. (1945년에 발표된 〈판도라의 상자〉는 〈종달새 소리〉의 교정지를 바탕으로 집필된 작품임)

그 외 발표한 작품으로는 〈고향〉, 〈금주의 마음〉, 〈귀거래〉와 단편집 《부악 백경》이 있음.

1944년(35세)

5월, 《쓰가루》 집필을 위해 쓰가루 지방으로 취재 여행을 다녀옴. 장편소설 《쓰가루》 완성. 장남 마사키가 태어남.

12월, 정보국과 문학보국회의 의뢰로 《석별》을 쓰기 위해 센다이를 방문함. 루쉰이 센다이에 재류 중이었을 때 이야기를 취재.

그 외 발표한 작품으로는 〈산화〉, 〈눈 오는 밤의 이야기〉와 단편집 《가일》이 있음.

1945년(36세)

3월, 한참 공습 중인 도쿄에서 연작 장편소설인 《오토기조시》를 집필하기 시작해 6월에 완성.

4월, 공습으로 집이 파손되어 고후의 처가로 피난.

7월, 공습으로 처가의 가옥도 전소하자, 가족을 데리고 우여곡절 끝에 쓰가루의 생가로 피난.

그 외 발표한 작품으로는 〈죽청〉, 〈판도라의 상자〉와 장편소설 《신역 각국 이야기》, 《석별》이 있음.

1946년(37세)

4월, 〈문화전망〉에 〈십오 년간〉 발표.

6월, 《판도라의 상자》 간행.

11월, 약 일 년 반 동안의 피난 생활 끝에 가족과 함께 미타카의 자택으로 돌아옴. 사카구치 안고, 오다 사쿠노스케와 〈개조〉 좌담회에 참석하였으나, 관련 사실이 〈개조〉에는 게재되지 않고 훗날 '문예 다자이 오사무 독본'에 게재됨.

12월, 〈겨울의 불꽃놀이〉 상연이 맥아더 사령부에 의해 중지됨. 사카구치 안고, 오다 사쿠노스케, 히라노 겐과 함께한 좌담회 '현대 소설을 말한다'가 다음 해 4월 〈문학계간〉에 실림.

그 외 발표한 작품으로는 〈정원〉, 〈부모라는 두 글자〉, 〈이제는 어쩔 수 없다〉, 〈참새〉, 〈고뇌의 연감〉, 〈봄의 고엽〉, 〈심인〉, 〈친우 교환〉, 〈남녀동등권〉과 단편집 《박명》이 있음.

1947년(38세)

2월, 가나가와현 시모소가의 오타 시즈코를 방문해서 일주일간 머문 후, 다나카 히데미쓰가 있는 이즈 미토하마로 건너가 3월 상순까지 《사양》의 1장, 2장을 집필.

3월, 차녀 사토코가 태어남. 그즈음 야마자키 도미에를 알게 됨.

4월, 새로 빌린 미타카의 작업실에서 《사양》을 마저 집필하고 6월에 완성.

11월, 오타 시즈코와의 사이에서 하루코가 태어남.

그 외 발표한 작품으로는 〈탕탕탕〉, 〈메리크리스마스〉, 〈어머니〉, 〈아버지〉, 〈여신〉, 〈인광〉, 〈아침〉, 〈오상〉과 단편집 《겨울의 불꽃놀이》, 《비용의 아내》가 있음.

1948년(39세)

3월부터 5월에 걸쳐 《인간 실격》을 집필. 이 무렵, 피로감과 불면증이 심해지고 각혈을 함.

4월, 야쿠모 쇼텐에서 '다자이 오사무 전집'을 간행하기 시작.

5월, 〈세계〉에 〈벚나무〉 발표.

6월 13일, 〈굿바이〉의 초고와 유서를 남기고 야마자키 도미에와 다마강 수원지에서 투신자살함.

6월 19일, 사체 발견.

6월 21일, 장의위원장 요시오 도요시마와 부위원장 이부세 마스지에 의해 고별식이 거행됨.

7월, 미타카 젠린지에 안치됨.

그 외 발표한 작품으로는 〈범인〉, 〈술의 추억〉, 〈향응 부인〉, 〈비잔〉, 〈미남과 담배〉, 〈철새〉, 〈여류〉, 〈가정의 행복〉과 단편집 《앵두》, 수필집 《여시아문》이 있음.

작품
해설

《인간 실격》의 매력은 무엇인가?

- 안영희(계명대학교 Tabula Rasa College 교수)

《인간 실격》의 매력은 무엇인가?

일본이 태평양전쟁에서 패배한 3년 후인 1948년 3월에서 5월까지 다자이 오사무는 그의 자전적 소설인 《인간 실격》을 집필하였고, 그 해 6월에 야마자키 도미에와 다마강 수원지에 투신하여 39년 생애의 종지부를 찍었다. 즉, 《인간 실격》은 다자이 오사무의 유서가 되는 셈이다. 다자이 오사무의 투신자살 사건 이후, 일본 문학계에 다자이 열풍이 패전 후 일본 사회로 퍼졌으며 젊은이들의 폭발적인 인기를 얻게 된다. 그로부터 약 반세기가 흘렀지만, 지금까지도 《인간 실격》은 수많은 독자를 사로잡고 있다. 과연 다자이 문학의 특질은 무엇이고 그 매력은 무엇인가?

《인간 실격》은 그의 자전적인 사소설私小說이다. 사소설은 '나'소설이며 '나'에 관한 이야기를 쓰는 소설이라고 할 수 있다. 소설은 보통 허구를 다루지만, 사소설은 사실을 쓴다는 것이 전제된다. 이처럼 사소설은 허구와 사실을 전도시켜 버린 일본의 독특한 문학 양식으로, 작가가 극한 상황에 몰린 자신을 주인공으로 설정하여 자기 자신의 심리를 연구하고 실험하는 과정을 그린 일종의 고백 문학이다. 사소설은 허구가 아닌 사실을 써야 하기에 작가가 사는 현실 세계와 주인공이 사는 소설 세계가 일치해야 한다. 따라서 사소설 작가는 소설의 제재를 구하기 위해 불륜, 금전 문제, 자살소동 같은 비일상적인 행동을 하는 역설적인 상황을 발생시킨다. 그런

점에서 다자이 오사무의 불행한 삶도 사소설을 쓰기 위한 몸부림은 아니었을까 생각해 볼 수 있다.

나의 실험과 파멸

사소설은 작가의 사생활 기록이다. 다자이 오사무는 짧은 생애 동안 네 번이나 자살을 시도했다가 실패하고 다섯 번째에 성공했다. 무엇이 그를 그토록 힘들게 했을까? 그는 아오모리현 대지주의 집에서 열한 남매 중 열째로 태어났다. 아버지는 공무로 바빴고, 어머니는 다자이에게 애정을 주지 않아 유모 손에서 자랐다. 부모에게 충분히 사랑받지 못한 그는 특히 어머니의 무관심 속에서 외롭게 성장했다. 부모와 애착 관계가 형성되지 못한 탓에 다자이는 평생 어머니에게 받지 못한 사랑을 다른 여성에게서 찾으려 했으며, 이는 작가로서의 그의 삶 전체에 큰 영향을 주었다.

다자이 오사무는 중학교 때 작가를 지망하며 작품을 집필하고 이를 동인지에 실었다. 고등학교 때는 좌익 운동에 관심을 가지게 되어 부자로 태어난 것에 대한 절망감과 계급 문제를 고민하다 1929년 안정제 칼모틴으로 첫 자살 시도를 했다. 1930년에는 프랑스 문학을 동경해 불어를 모른 채, 도쿄 제국 대학교 불문학과에 입학하지만, 높은 수준의 강의를 이해하지 못해 방탕한 생활을 하다가 유급으로 제적된다. 이때 재학 중에 긴자의 카페에서 알게 되어 세 번밖에 만났던 적이 없던 카페 여급 다나베 시메코와 가마쿠라 고시고에 바다에서 자살을 기도했으나 혼자만 살아남는다. 이 사건으로 다자이는 자살 방조 혐의로 기소 유예 처분을 받았으며 평생 죄의식을 가지고 살아가게 된다. 1935년, 대학 졸업이 어려워지자 그는 미야코 신문사의 입사 시험에 응했지만, 그것마저 실패해 그 해 가마쿠라의 산중에서 자살을 기도하기도 했다. 1936년에는 복막염의 진통제로 사용하던 파비날에 중독되어 치료에 전념하던 중 첫 단편집《만년》이 아쿠타가와상 후보에 올랐으나 무산되어 좌절을 겪었다. 엎친 데 덮친 격으로 이듬해인 1937년, 친척이었던 미술학도 고다테 젠시로부터 사실혼 관계인 아내 오야마 하쓰요와 간통하고 있다는 고백을 들은 후 하쓰요와 신경 안정제 칼모틴으로 자살을 시도했지만 미수에 그쳤다. 이 일로 그는 하쓰요와 이별하고 1년간 붓을 꺾었으나, 1938년 이부세 마스지의 중매로 이시하라 미치코와 결혼해 정신적으로 안정을 찾고 뛰어난 단편을 많이 발표했다. 그러나《인간 실격》을 마무리한 직후인 1948년 6월 13일, 다마강 수원지에서 애인 야마자키 도미에와 동반 자살하는 것으로 짧은 생애를 마쳤다.

"태어나서 죄송합니다"라는 유언은 다자이가 자신이 살아온 고뇌와 자기혐오 그리고 그가 세상에 느꼈던 죄책감을 압축한 표현이었다. 이는 여러 차례의 자살 시도, 방탕한 생활, 가족과의 불화로 점철되었던 삶에 대한 깊은 반성을 엿볼 수 있는 대목이다. 이러한 자아 인식은 사회적 규범이나 기대에 부합하지 못하는 자신을 인간 세계의 '부적응자'로 여긴 데서 비롯되었으며, 이 인식은 그의 삶을 그대로 반영한 소설에 고스란히 드러난다.

인간 세상의 이방인

《인간 실격》은 머리말, 오바 요조의 수기, 후기로 구성된 액자소설이다. 요조의 수기가 실제 다자이 오사무의 삶을 그린 내부 소설에 해당한다. 머리말에서 "나는 그 남자의 사진을 석 장, 본 적이 있다"(7쪽)라고 시작하며 사진 속 남자를 설명한다.

첫 번째 사진을 본 '나'는 일반인들이 보면 아주 귀여운 아이라고 생각하겠지만 자신이 생각하기에는 아주 불쾌한 아이로 보인다고 한다. 화자인 '나'는 이 아이의 웃음을 보고 "원숭이가 웃는 얼굴"이라고 표현했다. 왜냐하면 인간은 두 주먹을 쥐고 웃는 일은 없기 때문이다. 두 번째 사진은 아주 놀랄 정도로 변모한 사진이다. 고등학교 시절의 사진인지 대학교의 사진인지 확실하지 않지만 아주 잘생긴 학생이다. "교복을 입고 가슴의 주머니에는 하얀 손수건을 내보이며, 등나무 의자에 다리를 꼬고 앉아 여전히 웃고 있다."(8쪽)에서 화자인 '나'는 이 사진을 보고 이상하게도 사진 속의 인물이 살아있는 느낌이 들지 않고, 웃고 있지만 가공의 느낌이 들어 역시 기분 나쁜 느낌을 받는다. 세 번째 사진은 나이를 알 수 없는 사진이다. 흰머리가 보이고 매우 더러운 방구석의 작은 화롯불에 양손을 쬐는 사진이다. 어떤 표정도 없는 사진이기 때문에 그릴 수도 없고 돌아서면 바로 잊히는 얼굴이다. 이 사진을 보고도 '나'는 불쾌함을 느낀다. 이 석 장의 사진을 보고 '나'는 지금까지 이렇게 기묘한 남자의 얼굴을 본 적이 단 한 번도 없다고 한다.

머리말에서 화자가 이 석 장의 사진을 설명한 후, 그다음은 수기의 내용이 시작된다. 수기에는 사진의 주인공이 화자가 되어 자신의 이야기를 한다. 첫 번째 수기는 유년 시절, 두 번째 수기는 중·고등·대학교, 세 번째 수기는 정신병원 입원과 퇴원으로 되어 있다.

첫 번째 수기

"너무도 부끄러운 생을 살아왔습니다. 나로서는 인간의 생활이란 것이 무엇인지 도통 알 수가 없습니다. (…) 그리하여 생각해 낸 것이 '광대 짓'이었습니다." (11~15쪽)

두 번째 수기

"나는 그 벚꽃 모래사장을 그대로 교정으로 쓰는 도호쿠의 어느 중학교에, 수험 공부도 제대로 하지 않았는데, 그럭저럭 무사히 입학할 수 있었습니다." (27쪽)

세 번째 수기

"다케이치의 예언은 하나는 맞고 하나는 빗나갔습니다. 여자들이 내게 반하게 되리라는 불명예스러운 예언은 적중했지만, 훌륭한 화가가 되리라는 축복의 예언은 빗맞았습니다." (73쪽)

첫 번째 수기를 보면, 자신이 사람들을 이해할 수 없고 세상과 융화될 수 없다는 요조의 인식은 유년 시절부터 시작되었음을 알 수 있다. 이 수기에서 사람들과 어울리고 사랑받기 위해 요조가 취한 방식은 '광대 짓'이었고, 자신이 할 수 있는 '인간에 대한 최후의 구애'였다. 이는 자신이 인간 사회의 열등한 존재로 인식하고 있는 것과 동시에 인간 사회를 비판하는 태도였다. 이러한 요소들이 다자이 오사무의 자화상과 일치하며, 요조가 다자이 오사무를 모델로 해서 만든 인물이라는 것을 보여 준다. 그렇기에 독자는 《인간 실격》의 주인공 요조의 수기를 다자이 오사무의 연보와 전기를 비교하면서 읽을 수 있다.

두 번째 수기는 다자이 오사무의 연보에 따르면, 1930년, 정사情死 미수 사건을 일으킨 때이고, 세 번째 수기는 1937년, 다자이가 28살 때다. 이 시기, 첫 번째 부인 하쓰요가 불륜을 저질렀고, 다자이는 정신병원에 입원해 있었다. 다자이는 정신병원을 퇴원한 직후에 〈HUMAN LOST〉를 집필하는데, 이 작품은 일기의 형식으로 입원 생활에서 겪은 울분을 풀어낸 것이다. 《인간 실격》에서 요조는 정신병원에 입원하면서 "인간 실격. 이제 나는, 완전히 인간이 아니게 된 것입니다"(129쪽)라고 쓰고 있다. 이는 약물중독에 의한 정신병원 입원을 겪은 다자이 오사무가 자신의 고통과 절망을 '인간 실격자라'는 표현을 통해 드러내고자 했던 것이다.

다음은 후기의 인용이다. "이 수기를 쓴 미치광이를, 나는 직접적으로 알지 못한다. 하지만 이 수기에 등장하는, 교바시의 스탠드바 마담으로 짐작되는 인물은 조금 알고 있다."(133쪽)와 같이 화자는 요조의 애인이었던 마담을 알고 있었다. 그 마담은 소설의 자료가 될지도 모른다고 하면서 세 권의 노트와 세 장의 사진을 주었다. 마담은 10년 전에 요조가 부쳐준 것이라 했다. 여기서 수기를 소개하는 화자인 '나'가 소설가라는 것을 처음으로 알 수 있다. '나'는 처음에는 그 수기를 고쳐 쓰려고 했지만 고쳐 쓰지 않는 것이 좋을 거라는 생각에 그대로 잡지사에 부탁해 발표하기로 한다.

고독과 자기혐오의 새로운 인간상

《인간 실격》의 주인공 요조는 세상과 소통하기 위해 자신을 '가면'으로 위장하지만, 사회로부터 소외되어 진정한 인간관계를 맺지 못한다. 그는 타인과 소통할 수 없다는 절망에 빠져 고독감을 느끼며, 삶의 무게를 감당하지 못하고 자기 파괴적인 행동을 하지만, 현실과 타협하지 않으면서 자신의 결점을 보완하려 노력한다. 이러한 노력에도 그는 세상을 이해할 수 없는 부조리한 공간으로 느끼고 정신병원 입원을 계기로 자신이 '인간 실격'이라 여긴다. 하지만 진정한 인간 실격자는 요조가 아니라, 그를 이용하고 기만한 주위 사람들이 아닐까 싶다.

《인간 실격》은 요조가 자멸해 가는 모습을 통해 삶의 위선과 기만을 고발하며, 인간 존재의 본질적 문제인 '나는 누구인가?', '나는 왜 이렇게 살아가는가?'에 대한 답을 찾기 위한 고뇌를 보여 준다. 동시에 고독, 소외, 절망을 다룬다는 점에서 실존주의 문학과도 연관이 있지만, 접근 방식에서 차이를 보인다. 실존주의 문학에서는 주인공이 스스로 선택하고 그에 대한 책임을 지는 존재로 그려지는 반면, 요조는 주변 환경과 타인에 의존하려 하다가 오히려 세상으로부터 더 이탈되는 존재로 나타난다. 이 비극적 과정은 요조의 내적 갈등의 결과로 자신을 정의할 수 없게 된 그의 고립과 절망감을 보여 주는 것이다.

이처럼 실존주의 문학의 영향을 받았으나 일본 특유의 문화적

배경과 독특한 비관적 세계관이 드러난 다자이 오사무의 문학은 제2차 세계 대전의 패전국이 된 황폐한 시대를 살아가는 일본 청년의 처지를 대변해 주었다. 특히, 《인간 실격》은 기존 사회질서와 도덕관에 환멸을 느낀 젊은이들에게 큰 위로가 되었다. 화려함과 방탕함, 자기 파멸의 남다른 인생을 살다 간 작가의 삶 자체가 독자들의 공감을 얻기에 충분했기 때문이다. 이 당시 일본은 전후戰後의 시기로, 천황 중심의 신격화된 국가주의가 붕괴되고 개인주의와 민주주의 사상이 확대되기 시작하면서, 신격화되었던 천황이 하루아침에 인간의 얼굴을 가진 존재로 변모했다. 이러한 혼란 속에서 사람들은 전통적 가치관에 냉소적이고 반항적인 태도를 보였고, 이에 따라 무뢰파無賴派 작가들이 등장하게 된다. 이중 다자이 오사무는 무뢰파를 대표하는 작가로서 삶과 죽음에 대한 철저한 성찰과 전통적인 사회구조나 권위에 대한 반항적인 태도를 작품에 반영했다. 이러한 태도는 다자이를 비롯한 무뢰파 작가들에게 공통적으로 나타나는 특징이다. 전통적 가치관이나 사회적 규범을 거부하고 내면적 갈등과 방황을 날카롭게 포착한 그들의 문학은 일본 문학사에 큰 영향을 미쳤으며, 현대에도 인간 존재 이유와 삶의 의미를 찾는 인간의 실존적인 고민과 소외 문제에 대한 깊은 공감을 불러일으킨다.

내면의 어두움과 연약함에 대한 현대인의 공감

주인공 요조는 어릴 때부터 가족과 타인을 이해하지 못해 내심 두려워하면서도 애정을 갈구한다. 그래서 요조가 선택한 것은 '광대'가 되어 유머러스한 행동으로 타인을 웃기고 사랑받으려고 한 것이다. 그러나 자신이 광대임을 자각하면서도 인정받기를 원하기 때문에, 일종의 나르시시즘을 느끼면서도, 속이고 있다는 죄책감에 시달리며, 연기가 들통날 것을 진심으로 두려워한다. 이런 자기 인식은 현대인이라면 누구나 가질 수 있고, 다자이는 그 부분을 깊이 파고들고 있다. 이 이야기를 다자이는 독자에게 말을 건네는 듯한 문체로 읽기 쉽게 풀어내어 "그럴 수 있지"라는 공감을 이끌어 낸다. 많은 독자가 "내 이야기가 쓰여 있다"라고 느끼는 이유도 여기 있다. 무엇보다 보편적인 자의식에 관해 쓰여 있어서 현대인들도 쉽게 공감할 수 있는 것이다.

《인간 실격》은 특정 시대 및 장소에 국한되지 않고 고독과 소외, 허무감을 느끼는 현대인의 보편적인 감정을 여실히 보여 준다. 이 작품은 일본 현대 문학에서 정체성 탐구와 내면의 고뇌라는 중요한 테마를 심화시킨 작품으로 미시마 유키오(《금각사》)나 아베 코보(《모래의 여자》)와 같은 후대 작가들에게 깊은 영향을 미쳤다. 또한, 일본 대중문화에서 영화, 드라마, 애니메이션 등 다양한 형태로 재해석되며 독자들에게 강력한 울림을 주고 있다.

이 작품은 삶의 의미와 정체성의 위기, 사회와 개인의 갈등 등의 주제로 독자들에게 깊은 자아 성찰의 기회를 제공한다. 오늘날의 독자들은 개인주의와 경쟁, 고립된 사회 속에서 자신을 이해하고 받아들이는 데 어려움을 겪고 있다. 《인간 실격》은 바로 그런 독자들로 하여금 인간 존재의 어두운 면과 연약함을 마주하게 하며, 자신을 더 깊이 이해하고 진정으로 받아들일 수 있는 용기를 북돋아 준다. 이런 요소들이 《인간 실격》을 시대를 초월한 작품으로 만들었으며, 현재의 독자들에게 특히 큰 공감을 준다. 이것이 《인간 실격》이 오늘날에도 여전히 인간 내면의 복잡성을 탐구하는 중요한 작품으로 그 가치를 이어 가는 이유이다.

*해설은 필자의 책, 《현실과 허구의 경계를 지우는 소설-일본 사소설과 한국의 자전소설》(174~189쪽)을 참고하였음을 밝힌다.

지은이 다자이 오사무

아오모리현 기타쓰가루에서 태어났다. 본명은 쓰시마 슈지. 도쿄 제국 대학 불문과에 입학하였으나, 재학 중 비합법 운동에 가담하는 등의 이유로 중퇴했다. 16세부터 작가를 지망했던 그는 〈역행〉이라는 작품으로 1936년 제1회 아쿠타가와상 후보에 오르면서 왕성한 집필 활동을 해나간다. 하지만 그는 자신의 생을 죽는 날까지 부끄러워하며, 데카당스 속으로 끝없이 자신을 밀어 넣었다. 그래서 그에게는 술과 담배, 여자, 약물 중독, 자살이라는 그림자가 늘 따라다녔다. 1948년, 《인간 실격》을 완성하고 마흔 번째 생일을 앞둔 그해 6월 13일, 야마자키 도미에와 강물에 몸을 던져 결국 스스로 생을 마감했다.

옮긴이 장하나

일본어를 공부하다 문득 많은 사람에게 행복을 주는 좋은 책을 옮기고 싶다는 생각에 번역가의 길로 들어섰다. 현재 에이전시 엔터스코리아에서 일본어 전문 번역가로 활동하고 있다.
주요 역서로는 《타고난 운을 바꿔드립니다》, 《과자 중독에서 벗어나는 방법》, 《세계사를 뒤바꾼 가짜뉴스》, 《말초혈관을 단련하면 혈압이 쑥 내려간다》 등이 있다.

해설 안영희

현재 계명대학교 Tabula Rasa College 교수. 일본 도쿄대학교 초역문화과학전공 비교문학비교문화코스에서 석·박사학위를 받았다. 저서로는 《일본의 사소설》, 《한일 근대소설의 문체성립》, 《문학과 영화로 인성을 디자인하다》가 있다. 번역서는 일본어로 번역되어 출간된 안영희 저·우메자와 아유미 역의 《韓国から見た日本の私小説》, 나쓰메 소세키 저·안영희 역 《마음》이 있다. 도쿄대학교에서 김소운상, 한국비교문학회에서 비교문학상을 수상하였다.